배신 기사의 유쾌한 신의 12

초판 1쇄 발행 2024년 4월 16일

지은이 ㅣ 가언
발행인 ㅣ 최원영
편집장 ㅣ 이호준
편집디자인 ㅣ 최은아
영업 ㅣ 김민원 조은걸

펴낸곳 ㅣ ㈜ 디앤씨미디어
등록 ㅣ 2002년 4월 25일 제20-260호
주소 ㅣ 서울시 구로구 디지털로32길 30 코오롱디지털타워빌란트 1301-1308호
전화 ㅣ 02-333-2513(대표)
팩시밀리 ㅣ 02-333-2514
E-mail ㅣ seed_dnc@dncmedia.co.kr
블로그 ㅣ blog.naver.com/gnpdl7

ISBN 979-11-6145-625-6 04810
ISBN 979-11-6145-506-8 (SET)

※ 저자와 협의하여 인지는 붙이지 않습니다.
※ 이 책은 ㈜ 디앤씨미디어(시드북스)가 저작권자와의 계약에 따라 발행한 것으로 본사와 저자의 허락 없이는 어떠한 형태나 수단으로도 내용을 이용할 수 없습니다.

배신기사의
유쾌한 신의

가언 판타지 장편소설 12

SEEDBOOKS FANTASY NOVEL

1장 대가 없는 자비란 · 7

2장. 모든 것은 그의 뜻대로 · 55

3장. 반갑다, 영웅 · 105

4장. 빌어먹을 무대 · 157

5장. 기도하렴, 이곳에 있을 테니 · 243

1장. 대가 없는 자비란

대가 없는 자비란

전쟁을 위해 파견된 전사들 틈에 세일럼 같은 어린애가 함께 있는 것부터 이상한 일이었다.

눈에 도드라지는 특이한 능력이 있어서 자카르나 셰키나, 라그날드처럼 직접 전투에 나서는 것도 아닌 것 같았다.

그림자 종족 엘프 전사들도 세일럼을 제법 싸고도는 듯했지만, 그건 단지 보호해야 할 대상으로서지 존경하는 지휘관을 대하는 태도와는 사뭇 달랐다.

게다가 끈덕지게 몸을 가리는 옷차림까지.

식지 않는 심장을 연구하고 싶다는 조건을 내건 정황도 그랬다.

세일럼의 정체를 짐작하는 데는 그 정도 근거만으로 충

분했다.

"안 갈 거예요?"

아렌트의 재촉에 세일럼이 퍼뜩 정신을 차렸다.

그가 허둥지둥 옆으로 따라붙자 아렌트도 다시 어슬렁어슬렁 걸음을 옮기기 시작했다.

"어떻게 세습되는지는 모르겠지만, 선대가 죽어야 후대가 태어날 수 있는 건 아닐 테고. 그렇게 되면 공백이 너무 길어지니까요."

"……."

"평범하게 생각하면 선대가 활동하는 도중 후대가 태어나고, 후대는 한동안 견습 기간을 거치며 선대에게 교육받는 시기가 있을 것 같은데……."

말꼬리를 늘리며 아렌트는 슬쩍 세일럼을 일별했다.

후드를 뒤집어쓴 작은 머리통이 점점 아래로 수그러들고 있었다.

"아무리 잘 봐줘도 청소년기 정도밖에 안 된 세일럼 님이 제국까지 오시게 된 데에는 이유가 있겠죠? 게다가 엘프 왕국은 아이가 성년이 되기 전에는 바깥으로 내보내지 않는 관습도 있다고 압니다만."

"……."

여전히 세일럼에게서는 아무런 대꾸도 돌아오지 않았다.

그저 묵묵히 아렌트의 뒤를 졸졸 따라서 걸을 뿐이었다.

정체를 들켰을지언정 쉽게 정보를 알려 주지 않겠다는 고집이었다.

하지만 아렌트는 이럴 때 어떻게 해야 하는지 아주 잘 알고 있었다.

그는 주머니에 손을 푹 쑤셔 넣으며 지나가는 말처럼 심드렁하니 운을 뗐다.

"4왕국의 대장로님도 제대로 된 분은 아닌 모양이네요. 머리에 피도 안 마른 어린애를 전장으로 내보내다니."

아니나 다를까, 세일럼이 버럭 소리쳤다.

"아, 아닙니다! 제가 직접 오겠다고 고집을 부린 것뿐이라고요! 대장로님을 모욕하지 마세요!"

저도 모르게 언성을 높였던 세일럼은 곧 자신의 실수를 깨닫고 급하게 제 입을 틀어막았다.

슬쩍 고개를 들고 아렌트의 표정을 확인한 세일럼이 흠칫하며 뒤로 물러섰다.

"호오, 세일럼 님이 자원하셨다고요?"

필요 이상으로 잘생긴 얼굴에 사악하기 그지없는 미소가 빙그레 드리워 있었다.

"그렇다면 그쪽 대장로님이 끝까지 반대하셨고, 세일럼 님이 아티팩트를 직접 확인해야 하니 꼭 가야 한다고 고집을 부리신 거겠네요."

세일럼의 낯빛이 파리하게 질렸다.

"아니, 그러니까……."

"드래곤이 개입했단 말에도 꿈쩍 안 하던 사람들이 갑자기 아티팩트 때문에 합류하겠다고 나선 게 좀 의아했는데, 다크 엘프 사회에서는 주술사의 발언권이 큰가 봐요?"

"아, 아니……."

어떻게든 수습해 보려 세일럼이 급히 입을 열었지만, 아렌트는 그가 말할 틈을 주지 않았다.

"어설프게 정체를 숨기려 했던 이유도 대충 알겠습니다. 칼리온 제국에서 회수된 악신교의 아티팩트가 그림자족 엘프의 전통 치료 주술과 방식이 완전히 똑같으니 눈치 보일 수밖에요."

"잠, 잠깐만요, 아렌트 경."

"그건 곧 과거에 다크 엘프 주술사가 악신교의 편을 들었을지도 모른다는……."

"으아아아아악! 아렌트 경!"

마지막 말은 세일럼이 내지른 비명 소리에 가려졌다.

저도 모르게 뛰쳐나가 아렌트의 앞을 가로막은 세일럼은 곧 지나가던 신관들의 시선이 자신들에게 꽂혀 있다는 걸 알아차렸다.

조용하던 대신전에서 갑자기 괴성이 터져 나왔으니 당연한 일이었다.

"아……."

로브에 가려진 얼굴이 시뻘게지는 것도 순식간이었다.

아렌트는 세일럼에게 노골적으로 한심하다는 시선을

던졌다.

"몸을 가리면 뭐 해. 표정을 하나도 못 숨기는데."

어색하게 팔을 거둔 세일럼이 목소리를 잔뜩 죽여 사납게 쏘아붙였다.

"진짜 성격 나쁘신 거 압니까, 아렌트 경?"

"그것참, 새삼스럽네. 나한테 그렇게 말한 사람이 과연 몇 명이나 더 있을까요?"

하지만 아렌트는 건성으로 손을 휘휘 내저을 뿐이었다.

시큰둥한 반응에 더욱 열받은 세일럼의 어깨가 부들부들 떨리기 시작했다.

"어쨌든 따라오세요. 이야기는 조용한 곳으로 가서 마저 하죠."

그러거나 말거나, 아렌트는 그를 휙 지나쳐 성큼성큼 앞서 나가기 시작했다.

뒤에서 씩씩거리면서도 후다닥 따라오는 기척이 느껴졌다.

몇 걸음 떨어진 곳에서 열심히 따라오는 세일럼을 힐끗 확인한 아렌트의 입꼬리가 살짝 올라갔다가 곧 제자리를 찾았다.

'반응 좋네.'

쉽게 울컥하는 어린애를 놀리는 건 언제 해도 재미있었다.

* * *

아렌트가 세일럼을 데리고 들어간 곳은 응접실을 겸하는 기도실이었다.

루체 신의 석상이 굽어보는 공간은 늘 그랬듯 천장의 창문을 통해 들어온 부드러운 빛으로 가득 차 있었다.

문이 닫히고 드디어 조용한 공간에 단둘만 남게 되자, 세일럼은 그제야 마음을 조금 놓은 것 같았다.

우물쭈물하던 세일럼이 간신히 입을 열었다.

"그, 아렌트 경. 딱히 속이려던 의도는 없었습니다. 그러니까……."

"당연히 속이려던 의도는 아니셨겠죠. 방금도 말했지만 속을 만해야 속죠. 황태자 전하랑 라이오스 단장님도 이미 알고 계실걸요."

아렌트는 시큰둥한 어조로 그의 말허리를 잘라 버렸다.

그러자 세일럼이 눈을 휘둥그레 떴다.

"그게 정말입니까?"

"넵, 세일럼 님께 나와 달라고 부탁드리기 전에 황태자 전하께 먼저 다녀왔거든요. 식지 않는 심장을 잠깐 빌리러 갔던 건데……."

잠깐 뜸을 들이며 아렌트가 무심한 눈으로 세일럼을 아

래위로 훑어보았다.

칸타레스가 떨떠름한 얼굴로 아티팩트를 건네주며 하던 말이 아직도 생생했다.

"너무 심하게 괴롭히지는 말라고 당부하시던데요. 아직 어린 분이라고."

"……."

순간 세일럼이 뻣뻣하게 몸을 굳혔다.

온갖 말들이 머릿속을 스친 모양이었지만, 결국 그의 입 밖으로 흘러나온 건 딱 한 마디였다.

"왜 말리진 않으시고……."

배신감 가득 찬 목소리로 중얼대는 소년에게 아렌트가 어깨를 으쓱했다.

"말려 봤자 안 먹힌다는 걸 충분히 아시니까요. 아, 단장님이랑 자카르 교관님한테도 세일럼 님을 모시고 대신 전에 가겠다고 미리 말씀드렸어요. 참고로 두 분 다 모르는 척하셨습니다."

"……."

세일럼은 다시 말문을 잃어버리고 말았다.

결국 믿었던 모두에게 버려졌다는 뜻이었다.

심지어는 같은 종족인 자카르마저 자신을 맹수 같은 견습 기사 앞에 던져 놓는 데 일조했다는 것을 깨달은 충격이 대단한 것 같았다.

"즉, 쓸데없는 짓을 하고 있었다는 겁니다. 4왕국에서

도대체 무슨 말을 듣고 온 건지는 모르겠지만, 여긴 세일럼 님의 어설픈 연극에 어울려 줄 정도로 여유롭지 못해서요."

자리에 편히 걸터앉은 아렌트가 덧붙였다.

"그러니까 답답한 후드부터 좀 벗으시죠?"

"……하아."

잠시 후, 세일럼이 어깨를 늘어뜨리며 한숨을 푹 내쉬었다.

그는 별 저항 없이 머리끝까지 뒤집어썼던 후드를 끌어내렸다.

스륵.

두터운 천이 흘러내리며 지금껏 계속 숨겨 왔던 맨얼굴이 햇살 아래 드러났다.

엘프 특유의 뾰족한 귀와 제국에서는 찾아보기 힘든 구릿빛 피부가 가장 먼저 눈에 들어왔다.

밤하늘을 고스란히 옮겨 놓은 것 같은 새카만 머리칼이 목 위에서 곱슬거렸다.

호박색을 띤 노란 눈동자가 불안하게 데굴, 구르다 아렌트에게 향했다.

흑발과 어두운 피부, 그리고 유달리 샛노란 눈동자.

세 가지 모두 그림자 종족 엘프의 가장 도드라지는 특징이었다.

지클린과 비슷하거나 좀 더 어려 보이는 앳된 얼굴에는

붉은색을 띠는 특이한 문양이 자리 잡고 있었다.

꼭 여러 문자를 엮은 문신 같은 형태의 문양은 그림자 족 엘프에게만 대대로 내려온다는 주술사의 상징이었다.

제 추측이 맞아떨어졌다는 것을 두 눈으로 확인한 아렌트가 만족스럽게 말했다.

"훨씬 낫네요. 사람이랑 대화를 할 때는 눈을 쳐다봐야죠."

"고작 그것뿐입니까?"

얼굴을 드러낸 세일럼이 날카롭게 쏘아붙이자 아렌트는 되려 눈살을 찌푸리며 삐딱하게 대꾸했다.

"그럼 뭐가 더 있어야 하는데요?"

"왜 숨기려 했는지, 무슨 일 때문에 직접 여기까지 온 건지…… 그걸 캐물으시려고 한 거잖아요."

세일럼의 어조가 좀 더 사나워졌다.

샛노란 눈동자에 드리운 경계심을 어렵잖게 읽어 낸 아렌트가 눈썹을 휘었다.

"제가 그걸 왜 물어요?"

"네?"

뜻밖의 말이 돌아오자 세일럼이 의아하게 되물었다.

아렌트는 느긋하게 다리를 꼬며 의자에 편하게 몸을 기댔다.

"제가 귀찮게 하나하나 질문할 필요는 없죠. 세일럼 님이 지금부터 알아서 털어놓을 건데."

자존심을 긁는 특유의 시큰둥한 어조에 세일럼의 얼굴이 와락 구겨졌다.

"제가 왜 그래야 합니까?"

"왜긴요. 지금 급한 쪽이 누군지 진짜 몰라서 그러시나."

안주머니를 잠깐 뒤지던 아렌트의 손가락 끝에 목걸이 하나가 끌려 나왔다.

햇살을 받은 붉은 보석이 아름다운 광택을 품고 반짝였다.

누구나 시선을 빼앗길 정도로 아름다운 핏빛 보석에는 뭐라 설명하기 어려운 은근한 마력이 서려 있었다.

미리 황태자에게 가서 빌려 온 아티팩트, '식지 않는 심장'이었다.

세일럼이 그것의 정체를 제대로 인지하기도 전, 아렌트가 은근하게 물었다.

"이게 뭘까요?"

보기 좋게 휘어지는 견습 기사의 눈매에서 조롱하려는 의도가 노골적으로 드러났다.

"이 녀석 때문에 이리 멀리까지 오셨을 텐데, 직접 사용해 보고 싶지도 않으신가 봐요? 아쉽게 됐네. 대신관님께도 기껏 시간을 내어 달라 부탁드렸는데 말이죠."

"……."

"털어놓기 싫으시면 입 다물고 계셔도 됩니다. 이걸 손에 넣는 방법이야 얼마든지 많으니까요. 저랑 싸워서 직접 강탈해 가셔도 되고. 아, 설마 엘프 전사들의 지휘관 자격으로 오신 분이 견습 기사 하나 상대 못 한다고 말씀하시지는 않겠죠?"

 눈 하나 깜빡이지 않고 여유롭게 말을 이어 가는 아렌트의 목소리는 지나치게 귀에 잘 들어왔고, 그래서 더욱 얄미웠다.

 은목걸이 끝에 걸려 달랑달랑 흔들리는 붉은 보석마저도 세일럼을 놀리는 것 같았다.

 꽉 쥔 세일럼의 작은 주먹이 부들부들 떨리기 시작했다.

 소년의 얼굴이 새빨갛게 달아올랐다가 다시 식기를 몇 차례나 반복했다.

 그러나 별다른 방도가 있을 리 없었다.

 결국 세일럼은 분을 이기지 못하고 이를 으득 갈아붙였다.

"진짜…… 진짜 못되어 처먹었어……."

 분노와 짜증, 그리고 신경질을 가득 담아낸 어린애다운 한마디는 사실상 항복 선언이었다.

"네가 뭘 모르나 본데."

 담백하게 내뱉는 아렌트의 입가에 만족스러운 미소가 드리웠다.

"원래 어른이란 어린애 놀려 먹는 재미로 사는, 치사하고 못되어 처먹은 족속이야."

* * *

"그러니까……."

세일럼의 토로가 한바탕 끝난 뒤, 가만히 듣던 아렌트가 고개를 모로 기울이며 운을 뗐다.

"너는 대전쟁 시절부터 3대째 되는 주술사고. 선대들이 단명해 버린 바람에 제대로 전수받지 못해서 반쪽짜리다, 이건가?"

"반, 반쪽짜리라는 말은 하지 마세요!"

시큰둥한 어조에 세일럼이 발끈해 외쳤다.

얼굴이 벌게진 것이 아무래도 지금껏 그것을 콤플렉스로 여기고 살아온 모양이었다.

아렌트는 머릿속으로 방금 세일럼이 들려준 이야기를 정리했다.

영웅 칸이 활약하던 시절의 주술사는 전쟁이 끝난 직후에 사망했다.

그 역시 신의 저주를 피해 가지 못한 것이다.

당시 후계였던 주술사, 즉 세일럼의 선대가 채 성년이 되기도 전의 일이었다.

결국 세일럼의 선대도 제대로 된 교육을 받지 못하고 전쟁 직후 위태로워진 종족의 주술사 자리에 떠밀리듯

오르게 되었다.

스승의 어깨너머로 배운 지식으로 얼마간은 억지로 버텨 낼 수 있었다.

그러나 제대로 된 승계를 거치지 않은 것이 화근이 되어, 결국 그 역시 주술을 실패한 후유증으로 죽고 말았다.

세일럼이 막 청소년기에 접어들어 교육을 받기 시작한 지 얼마 지나지 않았을 때 벌어진 일이었다.

"그러면 넌 할 줄 아는 게 아무것도 없는 건가?"

"……거의 그렇다고 봐야죠."

아렌트의 냉정한 물음에 기가 푹 죽은 세일럼이 대답했다.

"주술사는 앞으로도 계속 태어날 테지만, 이대로라면 대가 끊기고 말 겁니다. 그래서 어떻게든 방법을 찾으려던 상황이었는데……."

"아티팩트에 대한 이야기를 전해 들었다는 건가?"

"……."

세일럼은 묵묵히 고개를 끄덕였다.

그를 물끄러미 보던 아렌트가 무심하게 말을 이었다.

"그런데 하필 이게 악신교의 성물이었고."

잘그락. 아렌트의 손끝에 걸린 식지 않는 심장이 작게 흔들렸다.

"이게 진짜 그림자 종족과 관련이 있는 물건이라도 곤

란해지는 거지? 혹시나 과거의 전쟁 당시, 그림자 종족이 악신교의 편을 들었다는 증거가 될까 봐."

"그, 그건……."

"하지만 근거가 좀 부족한데. 너무 비약 아닌가?"

세일럼이 뭐라 말하려 했지만 아렌트가 먼저 선수를 쳐 버렸다.

루체 신상을 등지고 앉은 아렌트의 미간이 살짝 찌푸려졌다.

"이게 진짜 4왕국의 물건이라면, 보통 전쟁 통에 약탈당했을 가능성을 먼저 떠올리지 않나? 책잡힐까 봐 불안해하는 게 아니라."

"네?"

세일럼이 의아하게 눈을 깜빡였다.

아렌트는 그를 똑바로 응시하며 또박또박 말을 이었다.

"하다못해 4왕국의 누군가가 납치당해서 강제로 주술에 대한 지식을 넘겨줬다거나, 뭐. 그런 경우도 충분히 상정할 수 있지. 이거, 내가 직접 써 봤는데 대단하긴 했거든?"

아렌트의 손끝에서 다시 목걸이가 달랑거리며 반짝였다.

"네 말대로라면 주술사로 태어났다더라도, 제 역할을 하려면 꽤 길게 수련해야 하는 거잖아. 근데 이 아티팩트는 마력만 사용할 줄 알면 그림자 종족의 주술을 그대로 쓸 수 있단 말이지."

"그렇…… 습니까?"

"그래서 약해 빠진 황태자 전하께 건네드린 거고. 그 사람이라도 이 정도면 충분히 사용할 수 있을 것 같았거든."

"약, 약해 빠진?"

황태자를 상대로 한 불경하기 짝이 없는 단어 선택에 세일럼이 경악하는 사이, 황금색 눈동자가 소리 없이 움직여 아티팩트를 힐끗 보았다.

"그러니 네가 이걸 탐내는 건 충분히 이해할 수 있는데……."

당장 주술사의 대가 끊길 판에, 식지 않는 심장은 그들에게 마지막 동아줄과 다름없었다.

아티팩트를 연구해서 사장되어 버린 주술의 실마리를 얻을 수 있는 것은 물론, 칼리온 제국과의 협상에 성공해 이걸 손에 넣게 된다면 더 이상 주술사 걱정은 하지 않아도 될 터였다.

문양을 타고난 자에게 아티팩트를 넘겨주기만 하면 전통은 유지할 수 있을 테니까.

하지만 그것만으로는 설명할 수 없는 부분이 분명히 존재했다.

아렌트의 시선이 다시 세일럼에게 닿았다.

"왜 적대 세력으로 오해받을까 봐 불안해하시냐고, 그

쪽 대장로님은. 딱히 이렇다 할 증거도 없으면서."

"그건……."

세일럼은 멍청하게 눈만 깜빡였다.

말문이 턱 막힌 꼴이 척 봐도 아무것도 모른다는 얼굴이었다.

하지만 아렌트는 그 반응만으로 충분히 답을 얻을 수 있었다.

"됐다, 어린애를 데리고 무슨 이야기를 하겠냐. 어떻게 된 일인지도 대충 알겠고."

그림자 족의 대장로가 세일럼에게도 숨긴 부분이 있는 것이다.

"뭐, 뭐가요?"

세일럼이 얼떨떨하게 물었지만 아렌트는 아무런 대꾸도 하지 않았다.

아마 대장로는 과거의 선조가, 그것도 주술사급의 지위에 있던 엘프가 악신교의 편에 섰다는 정황을 발견했을 것이다.

이번 싸움에 최대한 끼어들지 않으려 했던 이유도 아마 그 때문일 테고.

'배신자는 전쟁 때 죽었다는 그 주술사거나…… 아니면 그 선대겠지.'

그래도 못 이기는 척 세일럼을 파견 보낸 것을 보아하니 당장 루체 신과 적대할 마음은 없는 듯했다.

지금은 그것만으로 충분했다.
식지 않는 심장을 갈무리해 품에 넣는 순간.
똑똑.
바깥에서 정중한 노크가 들려왔다.
루미엘 대신관이 마중을 보낸 것이다.
먼저 몸을 일으킨 아렌트는 아직도 멍하니 있는 세일럼의 뒤통수를 퉁, 아프지 않게 쳤다.
"악."
"가자, 대신관님이 기다리시니까."
그 한마디를 마지막으로 아렌트는 들어올 때와 마찬가지로 어슬렁어슬렁 기도실 밖으로 먼저 나가 버렸다.
아렌트의 손이 닿은 뒤통수를 괜히 한번 만져 본 세일럼은 입을 비죽이며 그 뒤를 따랐다.

* * *

오랜만에 만난 루미엘 대신관은 아렌트와 세일럼을 살뜰히 맞아 주었다.
그녀 역시 4왕국의 주술사를 직접 만날 수 있다는 사실에 상당히 들떠 있었다.
걱정스러운 얼굴로 전황에 대해 묻는 것은 물론, 아렌트에게 위험한 짓은 하지 말라며 잔소리하는 것도 **빼놓**지 않은 대신관은 쭈뼛대는 세일럼에게 따스한 시선을 주었다.

"처음 뵙겠습니다, 세일럼 님. 이 기쁜 만남의 기회에 정말 루체 님께 감사할 따름입니다."

잔뜩 긴장했던 세일럼은 그제야 어깨에서 힘을 뺄 수 있었다.

편안한 분위기를 만든 루미엘은 먼저 세일럼에게 이런 저런 질문을 던지기 시작했다.

대부분 그림자 종족의 일상에 대한 시답잖은 물음들이었다.

덕분에 세일럼의 경계심도 완전히 풀린 듯했다.

두 사람이 이런저런 대화를 나누는 동안 아렌트는 차를 홀짝이며 뒤로 물러서 있었다.

루미엘 신관은 최선을 다해 세일럼의 말 상대가 되어주었다.

덕분에 돌아갈 때쯤에는 오히려 세일럼의 얼굴에 아쉬움이 묻어날 정도였다.

약속했던 시간이 지나고 다음을 기약하며 대신전에서 나온 뒤, 세일럼이 미련이 남은 목소리로 중얼거렸다.

"대신관님께서는 정말로 좋으신 분이네요. 어떻게 하면 대신관님처럼 지혜로워질 수 있을까요?"

그는 다시 얼굴을 긴 후드로 가린 채였다.

아렌트는 그에게 시선을 주지도 않고 대꾸했다.

"타고난 게 다르니 포기해."

"……."

여지없이 돌아온 밉살맞은 말에 세일럼은 또다시 울컥하고 말았다.

하지만 지난 몇 시간 동안 화를 내 봤자 얻을 수 있는 게 없다는 걸 지나칠 정도로 생생히 깨달았기에, 세일럼은 그냥 입을 꾹 다물고 말았다.

하지만 침묵도 그리 오래가지는 못했다.

세일럼이 다시 운을 뗀 것이다.

"……저는 뭘 할 수 있을까요?"

그제야 아렌트가 세일럼을 힐끗 보았다.

방금까지만 해도 대신관을 향한 존경과 부러움이 담겨 있던 앳된 목소리에서는 짙은 허탈감이 느껴졌다.

"아렌트 경 말씀대로 할 줄 아는 게 없습니다, 저는. 장로님들은 저를 주술사로 대해 주시지만…… 그 아티팩트가 있으면 저는 더 이상 필요 없는 게 아닐까요."

세일럼은 후드 아래에서 자신의 얼굴을 손으로 짚었다.

문양이 있는 그 자리였다.

"억지로 고집부려서 신성 제국까지 왔지만 사실 전쟁에도 별로 쓸모없어요. 셰키나 님이나 라그날드 님, 자카르 님처럼 탁월한 지휘관이 될 수 있는 것도 아니고."

후드 아래에서 음울한 목소리가 계속해서 흘러나왔다.

"그렇다고 루체 님의 신관님들처럼 사람들을 무조건

치유할 수 있는 것도 아니에요. 희생양이 될 존재가 언제나 필요한데…… 그조차도 제대로 할 줄도 모르고."

아렌트를 따르던 세일럼의 걸음이 점차 느려졌다.

"루체 님의 신관들이 부러워요. 자신의 힘만으로 사람들을 치유해 줄 수 있다니."

웅얼거리는 세일럼을 일별한 아렌트가 입을 열었다.

"다른 건 모르겠는데. 이거 하나는 기억해 둬라, 꼬맹아."

"네?"

푹 숙였던 고개를 살짝 든 세일럼은 어느 순간부터 자신을 가만히 응시하던 아렌트와 시선이 마주쳤다.

아무런 감정을 읽을 수 없는 황금색 눈동자를 본 세일럼이 저도 모르게 움찔했다.

"대가 없는 자비란 세상에 존재하지 않아. 그런 걸 입으로 주워섬기는 놈들은 죄다 사기꾼들뿐이야."

얼핏 듣기에는 심드렁한 어조였지만 어쩐지 뼈가 느껴지는 한마디였다.

아렌트는 우뚝 멈춰 선 세일럼을 휙 지나치며 덧붙였다.

"차라리 눈에 보이는 값을 치르는 게 낫지. 자비니 뭐니 하면서 음험하게 구는 것보다야."

"……아니, 잠, 잠깐만요! 음험하다는 게 무슨 말이에요?"

멍하니 있던 세일럼이 퍼뜩 정신을 차리고 후다닥 아렌트의 뒤를 따랐다.

후드 아래에서 힐난 가득한 목소리가 쏟아져 나왔다

"설마 신관님들을 이야기하시는 겁니까? 어떻게 그러실 수가…… 루미엘 대신관님이랑은 친하시다면서요!"

"못 알아들었으면 됐어."

아렌트는 귀찮다는 듯 손을 휘휘 내저어 버렸다.

굳이 따지자면 사기꾼은 루체 신이고 신관들은 피해자 쪽에 더 가깝겠지만, 세일럼에게 굳이 그런 말까지 할 필요는 없었다.

신성 모독이라며 기함을 터뜨릴 녀석의 모습은 좀 재밌긴 하겠지만.

'그나저나……'

방금 세일럼이 한 말이 조금 걸렸다.

'생각보다 자기 객관화가 잘 되어 있는데.'

쓸모없는 존재라는 게 영 틀린 말은 아니었다.

그림자 종족의 대장로는 세일럼을 나름대로 아끼는 눈치긴 했지만, 주술사로서 존중하는 것과는 다소 거리가 먼 것처럼 보였다.

세일럼이 자신의 정체를 숨겨야 하는 핵심적인 이유를 전혀 알려 주지 않은 것부터 그랬다.

'이거야말로 내 기우일지도 모르겠지만.'

지금까지의 경험상 이런 경우에, 언제나 뭔가 문제가 생기곤 했다.

그리고 자카르가 얌전히 입을 다물고 세일럼을 자신에

게 맡긴 것도 마음에 조금 걸렸고.

생각을 마친 아렌트가 우뚝 걸음을 멈췄다.

"네 부하들은 모두 믿을 수 있는 사람인가?"

"네?"

뜬금없는 물음에 세일럼이 눈을 동그랗게 떴다.

"그야…… 당연하죠. 대장로님께서 엄선하신 분들이니까요."

"흐음, 대장로님이 엄선했단 말이지."

세일럼의 말을 따라서 한 번 읊는 아렌트의 입가에 비릿한 미소가 걸렸다.

얼마간 뜸을 들인 뒤, 아렌트가 짐짓 가벼운 어조로 툭 내뱉었다.

"보아하니 연기에는 별로 소질이 없는 것 같고. 돌아가서 너랑 제일 친한 부하한테 오늘 있었던 일을 자랑하는 건 어때?"

"……자랑이요?"

로브 속에서 미심쩍다는 목소리가 돌아왔다.

아렌트는 고개를 끄덕여 주었다.

"대신전도 구경했고, 대신관님이랑 담소도 길게 나눴잖아. 게다가 아티팩트까지 봤고. 꽤 괜찮은 하루였던 것 같은데. 내 험담을 하는 것도 좋지."

"그야……."

세일럼이 우물거렸다.

말 그대로 자랑하라는 뜻만은 아닌 것 같다는 생각이 들었다.

하지만 아렌트는 더 이상 이야기해 주지 않고 성큼성큼 먼저 앞서가기 시작했다.

"앗, 잠깐만요!"

퍼뜩 정신을 차린 세일럼이 황급히 그의 뒤를 따랐다.

뱁새처럼 종종거리며 따라붙는 세일럼을 보며 아렌트가 덧붙였다.

"아 참, 잊어버릴 뻔했네. 이따가 밤에 조용히 내 방으로 찾아와. 아티팩트를 시연하게 해 줄 테니까. 사용하는 요령도 가르쳐 줄게. 이건 부하들한테는 알리지 말고, 혼자만 몰래 알고 있어."

"저, 정말요? 감사합니다!"

후드 아래에서 세일럼이 환한 미소를 지었다.

의심이라고는 전혀 하지 않는 모습이었다.

'글렀네, 이 녀석.'

대가 없는 친절은 사기라는 말을 방금 몸소 실현한 견습 기사는 속으로 혀를 쯧쯧 찼다.

이 녀석은 지나치게 순진했다.

* * *

"내가 늘 말하는 거다만, 아렌트."

손을 탁탁 털며 라이오스가 침착하게 운을 뗐다.

"성가신 일을 만들 거면 적어도 사전 보고라도 해라."

"귀찮아요. 어차피 말 안 해도 적당히 잘 합류하시잖아요."

아렌트가 태연하게 대답했다.

그의 발밑에는 방금 실컷 두들겨 맞고 쓰러진 다크 엘프 전사가 파들파들 경련을 일으키고 있었다.

기절한 엘프를 발로 툭툭 건드려 보던 아서는 고개를 들어 자카르를 향해 투덜거렸다.

"자카르 교관님께서도 좀 변하셨습니다. 예전에는 이런 술수는 안 쓰셨던 것 같습니다만."

"딱히 술수를 쓰지는 않았다. 아렌트 경에게 넘기면 어떻게든 해결할 수 있을 거라고 생각했을 뿐이지."

"그게 술수라는 겁니다."

리히트의 지적에도 자카르는 표정 하나 변하지 않았다.

확실히 제법 뻔뻔해진 것 같은 모습이었다.

이번에는 글렌이 고개를 절레절레 내저었다.

"아렌트가 옳으셨군."

"왜 사람을 전염병 취급해요?"

단박에 튀어나온 아렌트의 불퉁한 대꾸에 라이더가 쏘아붙였다.

"안 하겠냐고. 넌 역병 그 자체야."

이곳은 아렌트의 방.

그들은 실컷 두들겨 맞고 여기저기 널브러진 그림자 족 엘프들의 신음 소리를 배경 삼아 사담을 나누고 있었다.

엘프들이 침입할 때 열어젖힌 창문으로 스며든 달빛이 엘프들의 멍들고 퉁퉁 부은 얼굴 위를 쓰다듬었다.

얼마 안 되는 물건과 가구는 죄다 부서지고 깨진 채 기절한 엘프들 옆에 나뒹굴었다.

그런 험악한 광경이 펼쳐진 방의 가장 안전한 곳에 모셔진 다크 엘프들의 보물, 주술사 세일럼은 공포에 질린 얼굴로 덜덜 떨고 있었다.

"어, 어떻게 이런 일이……."

당장이라도 울음을 터뜨릴 것 같은 얼굴로 입술을 달싹이는 세일럼에게 아렌트가 심통 맞게 대꾸했다.

"내가 말했을 텐데. 사람의 선의는 그렇게 쉽게 믿을 만한 게 아니라니까? 선량한 얼굴로 접근하는 놈은 일단 다 사기꾼이라고 생각해."

"세일럼 님, 저놈 말 듣지 마세요. 세상이 다 그런 건 아니에요. 그리고 다른 사람은 다 믿어도 저 새끼만큼은 믿으시면 안 됩니다. 제국에서 제일가는 사기꾼이 저 새끼예요."

아서의 진지한 충고였다.

하지만 세일럼의 귀에는 그것도 잘 들어오지 않는 것 같았다.

세일럼의 황망한 시선이 쓰러진 전사들에게 닿은 채 움직이지 않았다.

"……."

아렌트가 한 말을 그대로 따른 결과가 이거였다.

가장 가까운 부하에게 오늘 있었던 일을 그대로 말했고, 부하는 사람 좋은 미소를 띠며 맞장구쳐 주었다.

기분이 좋아진 세일럼은 아렌트의 말대로 아무에게도 알리지 않고 다시 3기사단의 생활관에 찾아들었다.

그리고 마주한 게 이 참상이었다.

"제가…… 제가 뭘 잘못한 겁니까?"

멍하니 있던 세일럼이 떨리는 목소리로 중얼거렸다.

"아니, 네가 잘못한 건 없지. 넌 그냥 나한테 속았을 뿐이니까. 그리고 이 멍청이들은 무리수를 둔 거고."

아렌트는 쓰러진 엘프의 머리통을 발로 툭 건드렸다.

리히트가 한숨을 푹 내쉬며 아렌트를 흘겨보았다.

"이제 설명 좀 해 봐라. 도대체 뭘 어떻게 하면 일이 이렇게 될 수가 있는 거냐."

자카르를 제외한 다른 사람들도 비슷한 생각인 것 같았다.

자신에게 모인 시선들을 의식하며 아렌트가 어깨를 으쓱했다.

"아까 4왕국 상황은 대충 말씀드렸잖아요. 그놈들이 아티팩트를 탐내고 있다고."

세일럼이 늘어놓은 이야기에서, 다크 엘프들은 문제의 아티팩트가 황태자가 아닌 아렌트의 손에 있다는 것을 알게 되었다.

 다크 엘프들이 절호의 기회라고 여기게 된 것도 자연스러운 일이었다.

 "우르르 몰려들면 저 한 명쯤은 쉽게 제압할 수 있을 거라고 여겼겠죠. 협박을 하든 죽이든, 식지 않는 심장을 강탈할 생각이었겠지만……."

 불행하게도 그들을 기다리던 것은 제국 제일검 라이오스와 엘프 중에서도 최강이라 꼽히는 자카르였다.

 거기에 여분으로 불러 둔 다른 기사들까지 합세했으니 엘프들은 속수무책으로 당할 수밖에 없었다.

 "그게 얼마나 건방진 발상이었는지는 방금 몸소 깨달았겠죠."

 아렌트는 겹겹이 쌓인 엘프들을 의자 삼아 털썩 주저앉았다.

 아래에서 꽥, 하는 비명이 들려 왔지만 그는 전혀 신경 쓰지 않고 자카르에게 시선을 주었다.

 "전 자카르 교관님이 좀 의외인데요. 이쪽으로 이동하시는 길에서 뭔가 이상하게 돌아간다는 걸 깨달으신 거죠?"

 "아무래도 분위기가 심상치 않더군. 하지만 다른 종족의 일이라 내가 직접 손을 대기는 다소 곤란했다.

자카르가 순순히 시인했다.

"그렇다고 해서 제국에 도착한 뒤에야 공개적으로 문제 삼으면 인간과 엘프 간의 신뢰 관계가 깨질 것 같았고."

그래서 그는 세일럼을 아렌트 앞에 밀어 놓는 것으로 모든 일을 해결하려 했다.

아렌트가 눈치채지 못한다면 조만간 직접 귀띔이라도 할 생각이었으나, 이제 그럴 필요도 없어졌다.

"정공법이 늘 정답만은 아니라는 걸 드디어 깨달으신 모양이네요. 그 점만큼은 높게 사 드릴게요."

만족스럽게 고개를 끄덕인 아렌트는 다시 바닥에 쭉 뻗은 엘프들에게 시선을 옮겼다.

"야."

엘프들 위에 걸터앉은 채, 아렌트는 제 발아래에 쓰러진 엘프 전사를 발로 툭 건드렸다.

"기절한 척하지 마라, 너. 아까 눈깔 굴리는 거 다 봤어."

"……."

하지만 돌아오는 반응은 없었다.

아름다운 얼굴이 퉁퉁 부은 채 축 늘어진 꼴이 진짜로 기절한 것 같은 모양새였다.

무심한 눈으로 그를 물끄러미 보던 아렌트가 다시 입을 열었다.

"기절한 것 같으니 어쩔 수 없네요. 정신 차릴 때까지 팰 수밖에."

"일, 일어났습니다! 아닙니다! 죄송합니다!"

소스라치게 놀란 엘프가 벌떡 몸을 일으켜 무릎을 꿇고 앉았다.

그 꼴을 지켜보던 일행의 눈동자는 더욱 떨떠름해질 수밖에 없었다.

"우리도 우리지만, 저걸 보고 누가 기사라 그래……."

"말도 마십쇼. 뒷골목 왈패들이 저놈을 형님이라고 부른다니까요."

라이더가 새삼스럽게 탄식을 흘리자 아서 역시 질린 얼굴로 수군거렸다.

차곡차곡 쌓아 놓은 희생양들 위에 오만한 왕처럼 걸터앉은 아렌트는 누가 봐도 악당 그 자체였다.

지금 상황만 본다면 오히려 엘프들이 피해자로 오해받아도 이상하지 않을 것 같았다.

"그쪽 이름이 뭐랬지. 다몬이랬나? 어디 한번 이 상황에 대해 변명해 봐."

보란 듯이 꼰 다리를 까닥거리며 아렌트가 물었다.

"그쪽 대장로가 시켰어? 아티팩트만 훔쳐서 다시 돌아오라고?"

다몬은 입을 꾹 다문 채 아무런 말도 하지 않았다.

무릎 위에 올라간 양손에 힘이 꽉 들어갔다.

대가 없는 자비란 〈37〉

엘프 전사의 푹 숙인 머리 위로 스산한 목소리가 이어졌다.

"세일럼은 아무짝에도 쓸모없으니 적당히 제국에 버려두고, 똑같은 기능을 하는 아티팩트만 탐냈던 모양이지?"

"……진짜예요?"

입을 꾹 다물고 있던 세일럼이 견디지 못하고 토해 내듯 물었다.

"진짜 그렇게 말씀하셨어요? 대장로님이? 제가 쓸모없다고요?"

"아니, 잠깐, 세일럼 님! 그럴 리가 있겠습니까!"

퍼뜩 정신을 차린 다몬이 급하게 고개를 들었다.

"그저 대장로님께서는 세일럼 님을 걱정하셨을 뿐입니다! 악신이 재림했다지만 인간을 쉽게 믿을 수도 없는 노릇이고……."

하지만 대답은 세일럼이 아니라 아렌트에게서 돌아왔다.

"걱정했다는 사람이 이런 짓을 벌여?"

고개를 들었다가 아렌트와 눈을 마주친 다몬은 뻣뻣하게 굳어 버렸다.

달빛을 닮은 황금색 눈동자에서 마치 심장이 얼어붙을 것 같은 냉기가 느껴졌다.

"아무래도 상황 파악이 안 되는 모양인데. 지금 내가

검을 뽑아서 전부 다 죽여 버려도 그쪽 대장로는 아무 말 못 해. 물론 세일럼도 포함해서."

"……."

"애새끼가 무슨 잘못이 있겠냐마는, 그래도 지휘관으로 왔으니 부하의 실수에는 응당 책임을 져야지."

황실 기사단 소속 기사를 습격했고, 심지어는 황실 소유의 물건을 강탈하려 했다.

그건 변명할 수 없는 중죄였다.

다몬의 얼굴이 새파랗게 질렸다.

"하지만 세일럼 님은……!"

"너랑 대장로가 벌인 일이 그런 거야."

간신히 변명처럼 내뱉으려던 말이 중간에 잘렸다.

"저 애새끼를 싸고돌 생각이었으면 좀 더 똑똑하게 굴었어야지."

"……."

새하얗게 질린 다몬은 차마 아무런 말도 하지 못했다.

아렌트는 아무런 감정도 내비치지 않는 눈으로 그를 물끄러미 응시했다.

"쯧, 빌어 처먹을 엘프 새끼들 같으니."

한참 만에 그가 짜증스레 혀를 찼다.

"알타이르 대장로님부터 마음에 안 들었어요. 자꾸 사람 성가시게 해."

"그건…… 변명하지 않겠다만, 내 개인적인 차원에서

선처를 부탁하지."

살짝 미간을 찌푸린 자카르가 말을 이었다.

"지금 내부에서 분란이 일어나면 곤란하다. 셰키나 님과 라그날드 님이 어떻게 받아들이실지도 의문이고. 그 두 분 역시 인간, 특히 너에 대한 감정이 그리 좋지는 않으시니까. 과하게 손속을 준다면 반발하실지도 몰라."

"뭐, 좋아요. 괜히 시간 낭비할 필요는 없으니까."

아렌트는 꼰 다리를 풀며 언짢게 투덜거렸다.

"나중에 알타이르 대장로님께 알차게 뜯어먹겠습니다. 자카르 교관님이 넘긴 외상이라고요."

"알타이르 대장로님을 팔아넘기시다니."

"확실히 아렌트가 옳으셨군."

뒤이어 아서와 리히트가 한마디씩 첨언하자 자카르가 슬그머니 시선을 피했다.

당장이라도 검을 뽑을 것처럼 살벌하던 분위기가 거짓말처럼 풀어졌다.

온몸이 아플 정도로 긴장했던 다몬은 태연한 말들을 지껄여 대는 이들을 멍청한 눈으로 보았다.

맥이 풀리다 못해 전신에서 피가 빠져나가는 것 같은 기분이었다.

식은땀으로 등허리가 축축하게 젖어 들고 있었다.

"야."

멍하니 있던 다몬은 아렌트의 부름에 소스라치게 놀라

허리를 꼿꼿이 세웠다.

"예, 예!"

여전히 엘프들을 깔고 앉은 채 자세를 편하게 고쳐 잡으며 아렌트가 툭 내뱉었다.

"일단 아는 것부터 다 불어. 세일럼은 모르는 뭔가가 있는 거지?"

"……."

다몬은 아무런 말도 하지 못하고 입술만 달싹거렸다.

갑자기 이름이 언급된 세일럼 역시 덩달아 몸을 뻣뻣하게 긴장시켰다.

"잘 생각하는 게 좋을걸. 지금 네 한마디 한마디에 몇 명의 목숨이 걸려 있는지 모르진 않을 테고."

아렌트의 평이한 목소리가 이어졌다.

"이건 순전히 호의에서 우러나온 상냥한 조언이니까 경청하는 게 좋을 거야."

"호의? 상냥?"

글렌이 제 귀를 의심하며 황망히 중얼거리는 말에 라이오스가 조용히 조언을 건넸다.

"심정은 알겠다만, 그냥 조용히 해라. 지금 하나하나 지적하자면 끝도 안 난다."

애초에 파견 온 엘프 전사들과 주먹다짐을 벌였다는 것부터가 말도 안 되는 일이었다.

이 망할 부하 놈들은 이제 그것조차도 자각하지 못하는

것 같았지만.

가벼운 잡담이 오가는 사이, 다몬의 눈길은 시종일관 세일럼에게 닿아 있었다.

"……."

걱정과 배신감, 그리고 슬픔이 뒤섞인 커다란 호박색 눈망울이 시종일관 다몬을 투명하게 비추고 있었다.

뭐라도 말해 보라는 것처럼.

결국 다몬은 세일럼의 눈을 피해 고개를 떨구고 말았다.

"결코 신성 제국과 적대할 생각은 없습니다. 그것만큼은 믿어 주셨으면 합니다."

한참을 망설이던 그의 입에서 먹먹한 목소리가 흘러나왔다.

"이후에 반드시 사죄드릴 생각이었습니다. 다만 피치 못할 사정이 있어서……."

"호오, 피치 못할 사정이라."

아렌트가 눈을 반짝였다.

이거야말로 그가 바라 마지않던 화제였다.

* * *

달그락.

칸타레스가 찻잔을 내려놓으며 인상을 찌푸렸다.

방금 아렌트가 늘어놓은 이야기를 머릿속으로 정리해 보려 애쓰는 것 같았다.

"배교자 집단이라고? 4왕국의 그림자 종족이?"

"정확히는 배교자의 후손들이죠."

입에 쏙 집어넣은 과자를 삼킨 아렌트가 아무렇지도 않게 수긍했다.

"그림자 종족이라는 이름답게 4왕국은 원래 어둠의 신을 모시던 일족이었대요. 대전쟁 때도 그쪽 진영에서 영웅 칸과 대적했다는 것 같고."

아렌트는 과자를 하나 더 집어 들었다.

"그런데 시간이 지날수록 점점 이탈하는 자들이 생긴 겁니다. 체르니온 신의 배교자들은 자연스럽게 루체 교단에 합류했어요. 전쟁 막바지에는 살아남기 위해 신을 배신한 자들도 적잖게 있었대요."

인상을 찌푸린 칸타레스가 애매하게 고개를 기울였다.

"다른 왕국은 이 사실을 몰랐나?"

"넵, 아무래도 선대들이 이후에 남겨질 그림자 종족들을 위해서 함구했던 모양이에요."

손에 들고 있던 과자를 또 입에 쏙 넣은 아렌트가 덧붙였다.

"4왕국 안에서도 아는 사람은 대장로 한 명뿐이었다고 합니다. 마지막으로 남은 선대가 숨을 거두기 직전에 유언처럼 고백했다고 하더라고요."

"그렇군. 그런데……."

아렌트를 한참 지켜보던 칸타레스가 떨떠름하게 물었다.

"맛있냐?"

"네, 왜요?"

"아니다. 많이 먹어라."

의아한 물음에 칸타레스는 슬쩍 시선을 피해 버렸다.

문제 될 만한 건 없었다.

천연덕스럽게 과자와 차를 야무지게 먹어 치우는 저 녀석이 전날 밤, 계략을 꾸며 다크 엘프 전사들을 모조리 때려 눕힌 장본인만 아니라면.

불만스럽게 입을 비죽인 아렌트가 다시 화제를 원래대로 돌렸다.

"어쨌든, 대장로님도 혼자만 알고 계셨으니 얼마 전까지는 문제 될 구석이 없었대요. 4왕국 안에서도 체르니온 신의 이름을 기억하는 사람이 없었으니까요. 그런데 2왕국의 배신자 소식이 퍼지면서 대장로님도 좀 초조해지기 시작한 거죠."

2왕국의 첩자 첼탄도 혼자 대를 이어 신앙을 지켜 왔다고 했으니, 같은 일이 4왕국에서도 벌어지지 않으리란 법은 없었다.

"지금부터가 중요합니다, 전하."

거기까지 말한 아렌트가 목소리를 낮췄다.

칸타레스는 저도 모르게 마른침을 꿀꺽 삼키며 귀를 기울였다.

한쪽에 물러서 있던 제레온 역시 어느 순간부터 아렌트의 이야기에 집중하고 있었다.

두 관객에게 한 번씩 시선을 주며 아렌트가 말을 이었다.

"알타이르 대장로님이 칼리온 제국과 협력해야 한다고 주장하기 시작했을 무렵에, 갑자기 누군가가 나타났대요."

"……제3의 인물이?"

칸타레스가 제 귀를 의심하며 묻자 아렌트가 고개를 끄덕였다.

"네. 말 그대로 하늘에서 뚝 떨어진 것처럼, 갑자기 4왕국의 회장 앞에 홀연히 나타났대요."

"텔레포트 마법일까요?"

가만히 듣던 제레온이 문득 중얼거리는 말에 아렌트가 답을 내주었다.

"아마 그럴 거예요. 발끝까지 로브를 뒤집어쓴 통에 외모는 확인을 못 했지만, 아마 인간이나 엘프 여자인 것 같았다고 합니다."

갑자기 외부인이 나타났으니 폐쇄적인 사회를 유지하던 그림자 엘프들은 당연히 술렁일 수밖에 없었다.

침입자의 정체를 알아내기 위해 자연히 엘프들이 모여

들기 시작했다.

그녀는 마치 구경꾼이 모이는 것을 기다리는 것처럼 한동안 광장에 가만히 서 있기만 했다.

마침내 전사들이 대부분 집결하고 대장로까지 나타나자, 그녀는 드디어 입을 열었다.

"오래된 동지를 만나 뵙게 되어 반갑습니다…… 라고 말했대요."

"……."

칸타레스와 제레온은 저도 모르게 숨을 죽였다.

유난히도 귀에 잘 들어오는 미성이 차근차근 이어졌다.

"여자는 그 자리에서 그림자 종족이 과거 체르니온을 모시던 존재들이며, 현 4왕국은 배교자의 집단이라는 걸 까발려 버렸대요. 모여든 전사들이 그걸 전부 다 들어 버린 거죠."

살며시 인상을 찌푸린 칸타레스가 물었다.

"대장로께서는 그걸 순순히 긍정하셨나?"

"아니요. 사실이긴 하지만, 처음에는 강하게 부정하셨답니다. 그 사람이 체르니온 교 소속이고, 엘프들을 교란하기 위해 나타났다는 걸 알아차리신 거죠. 그런데 그 여자가 먼저 아티팩트에 관한 화제를 꺼냈대요."

"……."

꿈틀.

황태자의 눈썹이 움직였다.

아렌트는 그를 똑바로 바라보며 차분하게 말을 이었다.

"그림자 종족이 체르니온에게 충성의 증표로 만들어 바친 성물이 있는데, 그게 현재 신성 제국의 손아귀에 들어가 있다면서요."

그게 바로 식지 않는 심장이었다.

"몇 가지 증거까지 보여 줬다고 합니다. 지금껏 한 번도 발견되지 않았던 고문서들을 대장로에게 들이밀었대요."

"……그건 다 진짜였나?"

칸타레스가 묻는 말에 아렌트가 간단히 고개를 끄덕였다.

"네, 4왕국의 대장로님과 장로님들이 모두 검토하셨는데 거짓은 아닌 것 같았다고 합니다."

"으음……."

생각보다 심각한 사태에 칸타레스가 짧게 신음을 흘렸다.

"식지 않는 심장을 만들어 교단에 바친 건 전쟁 이전의 대장로와 주술사였대요. 그 아티팩트는 그림자 종족이 체르니온 신에게 영원히 복종하겠다 맹세한 증표라는 거죠."

"그 여자는 과거의 맹세를 지킬 때가 왔다, 뭐 이런 식으로 지껄였겠군."

 칸타레스가 툭 내뱉은 말에 아렌트가 고개를 끄덕였다.

 "맞아요. 그 뒤엔 체르니온 신은 언제나 여러분을 자비롭게 맞이할 준비가 되어 계신다며 실컷 떠들어 대다 사라져 버렸답니다."

 "그러던 차에 내가 공교롭게도 식지 않는 심장을 거래대에 올려 두었고."

 그쪽에서는 심장이 덜컥할 만한 상황이었다.

 아렌트는 적당히 식은 찻잔을 집어 들며 말을 이었다.

 "환장할 노릇이었겠죠. 만약 이게 우리 귀에까지 들어오면 제국과도 척지게 될 거라고 생각했을 테니까요."

 거의 다 빈 과자 접시를 다시 채워 주며 제레온이 슬그머니 끼어들었다.

 "전 대신관님이라면 그래야 한다고 주장하셨을 것 같습니다."

 칸타레스 역시 같은 생각이었다.

 "그래서 우선은 아티팩트를 손에 넣어야겠다고 판단한 거군. 파괴하든 봉인하든, 세상 밖에 나와 있는 것보다는 훨씬 나을 테니까."

 "넵, 아마 인간에 대한 불신이 그 판단에 한몫했겠죠. 그래서 아티팩트를 회수한 뒤 세일럼을 데리고 다시 왕국으로 야반도주할 계획이었대요. 그 뒤 칼리온 제국에

싹싹 빌고 다시 전쟁에 참여하든, 아예 쇄국을 해 버리든 할 생각이었고."

굳이 세일럼을 보낸 까닭은 혹여 '식지 않는 심장'이 가짜일 경우를 대비해서였다.

주술사인 그라면 아티팩트가 진짜 그림자족의 물건인지 판별할 수 있을 거라 여긴 것이다.

이야기가 마무리되자 칸타레스는 심란한 얼굴로 시선을 내리깔았다.

걸리는 구석이 너무 많았지만, 제일 처음 짚어 봐야 할 문제는 따로 있었다.

"4왕국에 나타났다는 그 여자는……."

"체르니온 교의 성녀인 것 같죠?"

아렌트가 황태자의 말을 완성해 주었다.

유령처럼 홀연히 나타났다가 사라진, 로브로 전신을 가린 여성.

단편적인 정보뿐이었지만 지금껏 모은 성녀 목격담과 맞아떨어지는 부분이었다.

"굳이 이 시점에 4왕국에 나타난 까닭도 대충 짐작은 갑니다만."

"안 봐도 뻔해. 이쪽 진영 내부에 혼란을 주기 위해서겠지."

황태자가 질린 목소리로 투덜거렸다.

자카르와 아렌트가 이상한 낌새를 눈치채지 못했더라

면 나중에 어떤 식으로든 큰 문제가 터졌을 게 분명했다.

제레온이 새로 내어 온 과자를 한 움큼 집은 아렌트가 무심하게 말했다.

"아마도요. 그리고 직접 가서 아직도 체르니온 교의 신도가 남아 있는지 확인할 목적도 있었겠죠. 성녀라면 체르니온 신에게 신앙을 가진 사람을 알아볼 수 있었을 테니까요."

오도독, 오도독.

이제는 꽤 익숙해진 과자 먹는 소리를 흘려들으며 칸타레스가 생각에 잠겼다.

"이야기만 퍼뜨린 뒤 그냥 물러난 거지? 그렇다면 체르니온 교의 신도는 없었다는 거 아닌가?"

"그건 아직 모를 일이죠. 누군가가 숨죽인 채 도사리고 있을지. 그렇다면 진짜 골치 아파지는 거예요."

어차피 이쪽에서는 손쓸 도리가 없으니, 엘프들이 알아서 해결해야 하는 문제겠지만.

"그래서 일단은 알타이르 대장로님께 도움을 요청하기로 했습니다. 4왕국 쪽을 좀 잘 살펴봐 달라고요. 1왕국과 3왕국에는 당분간 함구하기로 했고."

무슨 일이라도 벌어졌다면 모를까, 괜한 분란은 만들지 않는 게 상책이었다.

아렌트의 보고에 칸타레스가 짧게 칭찬을 건넸다.

"잘했어. 병력을 절반 정도 남겨 놓고 온 게 정답이었군. 어디 하나 방심할 수 있는 곳이 없다니……."

 아무렇지도 않게 이야기하고 있었지만, 자칫 엘프 왕국 내부에서 내란이 벌어질지도 모를 아슬아슬한 상황이었다.

 그래도 실비안과 실력 있는 전사들이 왕국을 지키고 있을 테니 당분간은 안심해도 될 것 같았다.

 "어쨌든 이건 다시 가져가시죠. 잘 썼습니다."

 아렌트는 식지 않는 심장을 꺼내 테이블 위에 올려놓았다.

 "어지간하면 사태가 진정될 때까지 계속 몸에 지니고 계세요. 비상시에 한 번 정도는 목숨을 건질 수 있을 테니까요. 약해 빠지셨으니 어떻게든 살아남을 구멍 정도는 만들어 둬야죠."

 "약해 빠졌다는 말은 빼지? 이 싸가지 없는 놈아."

 목걸이를 회수하며 칸타레스가 짜증스럽게 투덜거렸다.

 "사실인데 뭐 어쩌라고요."

 "바른 말만 하다가 죽은 신하 이야기는 못 들어 본 모양이군."

 "할 수 있으면 해 보시든가요. 그리고 농담 아니에요."

 시큰둥하게 대꾸한 아렌트가 덧붙였다.

 "어지간하면 몸에서 떼지 마세요. 이왕 목걸이로 되어 있으니까 착용하고 다니시는 것도 괜찮고."

"……."

식지 않는 심장을 그냥 주머니에 넣어 버리려던 칸타레스가 멈칫했다.

평소와 다를 바 없이 무심한 어조에서 묘한 강제성이 느껴진 탓이었다.

잠깐 생각하던 칸타레스는 곧 뚱한 얼굴을 하면서도 그의 말대로 목걸이를 착용했다.

"됐냐?"

"썩 잘 어울리지는 않는 것 같습니다만, 뭐. 나쁘지는 않네요."

그렇게 말하는 아렌트는 묘하게 만족스러워 보였다.

언제나 그렇듯 표정으로는 전혀 알아볼 수 없었지만.

칸타레스는 턱을 괴며 투덜거렸다.

"하여튼 말하는 싸가지 하고는. 그래서 때려눕힌 엘프들은?"

"시원하게 두들겨 맞은 탓에 그런가, 제법 고분고분하던데요."

별다른 저항도 해 보지 못하고 피 터지게 얻어맞은 결과, 4왕국과 자신들이 살아남을 방법은 제국에 납작 엎드리는 것뿐이라는 사실을 깨달은 것이다.

라이오스와 자카르가 힘을 합쳤으니 당연한 결과였다.

"일단 세일럼에게 전투 지휘를 기대할 수는 없으니, 단장님이랑 자카르 님이 반씩 나눠서 분담하기로 했습니다. 주먹다짐을 했다는 게 알려진다면 피차 좋은 모양새는 아닐 테니, 좀 거칠게 대련했다는 것 정도로 퉁치기로 했어요."

아렌트가 어깨를 으쓱했다.

"문제는 단장님이 그냥 넘어갈 생각이 없다는 거지만."

"뭐?"

"단장님이 혼잣말하시는 걸 들었는데요. 아, 아아."

칸타레스가 의아한 소리를 내자 아렌트는 잠깐 목을 가다듬더니 다시 입을 열었다.

"……기강에 다소 문제가 있어 보이는군. 전장에서 실질적 지휘관을 배제하고 함부로 움직이다니."

어조부터 서늘한 눈빛까지 소름 끼칠 정도로 라이오스와 똑같았다.

칸타레스와 제레온의 낯에 자연스럽게 질렸다는 기색이 떠올랐다.

"너는…… 그거 하지 마라. 좀 무섭다."

"그런 이유로 단체로 3기사단 연무장에서 뒤지게 구르고 있어요. 세일럼은 옆에서 구경하는 중이고."

칸타레스가 질색하는 것을 못 들은 척하며 아렌트가 말머리를 돌렸다.

"그래서 말인데, 전하께서 해 주셔야 할 게 있어요."

"뭔데?"

"협박이랑 갈취요."

"……."

지극히 태평하게 돌아온 대구에 황태자가 꺼림직한 얼굴로 입을 꾹 다물었다.

잠시 후, 머릿속에서 자체적으로 번역을 끝낸 칸타레스가 관자놀이를 꾹꾹 누르며 한숨을 푹 내쉬었다.

"갈취 같은 게 아니라 외교랑 협상이라고, 이 자식아. 어쨌든 성녀가 4왕국 대장로에게 넘겼다는 문서를 확보하라는 거지?"

"넵, 원본까지는 필요 없고 내용만 완벽하게 파악할 수 있으면 됩니다. 쉽게 넘겨주지 않으려고 하겠지만……."

잠깐 뜸을 들이던 아렌트가 산뜻하게 제안했다.

"세일럼이 이쪽에 있으니, 여차하면 인질처럼 쓰죠?"

"제발 부탁이니까 악당처럼 좀 말하지 마. 이쯤 되면 너랑 같은 편이라는 데 자괴감 들 지경이니까."

칸타레스가 타박하는 소리를 들으며 제레온은 가만히 생각했다.

'안 하겠다는 말씀은 안 하시는구나.'

……라고.

2장. 모든 것은 그의 뜻대로

모든 것은 그의 뜻대로

연무장을 구경하는 렉시온의 얼굴은 흥미 반, 어처구니없음 반이 섞여 있었다.

그를 힐끗 쳐다본 아렌트가 툭 내뱉었다.

"재밌으시죠?"

"살다 살다 이런 꼴은 처음 보는군."

렉시온이 간단히 대답했다.

당연한 일이었다.

좀처럼 제 영역을 벗어나는 법도 없는 다크 엘프들이 라이오스의 감시 아래에서 호되게 구르고 있었으니까.

"끄으헉……!"

목검에 옆구리를 얻어맞은 엘프가 비명을 터뜨렸다.

하지만 라이오스는 자비가 없었다.

"집중하도록. 활이 주무기더라도 근접전에 약해서는 안 된다."

회복력이 좋은 종족이니 얻어맞은 상처들은 제법 옅어졌지만, 그 위에 새로운 멍이 실시간으로 새겨지는 중이었다.

훈련 명목으로 엘프들을 잘근잘근 밟는 라이오스를 구경하던 렉시온이 문득 입을 열었다.

"혹시 아는지 모르겠는데. 보통 인간은 엘프를 이길 수 없어. 타고난 신체적 조건이 다르니까."

"잘 보세요. 저게 어디 보통 인간입니까?"

아렌트가 시큰둥하게 라이오스를 턱짓으로 가리켰다.

그때는 혹시 모른다는 마음에 다른 선배들까지 동원한 거였지만, 사실 라이오스와 자카르 둘만으로도 충분했을 것 같다는 생각이 뒤늦게 들었다.

두 사람의 시선을 사로잡는 사람이 또 한 명 있었다.

연무장 구석에서 땀을 뻘뻘 흘리며 어설프게 검을 휘두르는 세일럼이었다.

"주술사 꼬마는 왜 저러고 있지?"

"세상에 믿을 놈 하나도 없으니, 자기 자신은 스스로 지켜야겠답니다."

아렌트에게 속고, 심지어는 부하들이랍시고 데려온 엘프 전사들에게마저 속은 뒤 얻은 깨달음이었다.

주머니에 손을 꽂아 넣은 아렌트가 투덜거렸다.

"저놈도 성격이 좀 이상한 것 같아요. 의기소침해서 방 안에 틀어박히는 것보다야 낫지만."

"설마 네 입에서 그런 말이 나올 줄은 몰랐군. 내가 아는 이 땅의 모든 존재 중 제일 성격 이상한 놈이 너다."

"칭찬 감사합니다."

"칭찬으로 들렸나?"

렉시온이 황당하게 되물었지만 아렌트는 그냥 무시해 버렸다.

"어쨌든, 4왕국 쪽에서 연락이 왔는데요."

"제법 마음이 급했던 모양이지."

심드렁한 대꾸가 돌아왔다.

익히 예상했다는 것 같은 태도였다.

아렌트의 눈동자가 소리 없이 움직여 렉시온을 보았다.

'드래곤은 드래곤이라는 건가.'

아렌트는 단 한 번도 그에게 이번 일에 대해 자세히 설명해 준 적이 없었다.

하지만 렉시온은 이미 황궁에서 어떤 일이 벌어졌는지 모두 알고 있는 것 같았다.

갑자기 라이오스에게 두들겨 맞는 엘프들을 구경하겠다며 연무장에 들이닥쳤을 때부터 대충 짐작은 하고 있었지만.

'다 보고 듣고 있었다는 거겠지.'

구구절절 설명할 필요가 없다니 오히려 편했다.

아렌트는 느긋하게 대답했다.

"황태자 전하의 훌륭한 외교술이 빛을 발한 거죠."

칸타레스는 끝까지 외교와 협상이라고 주장했지만, 아렌트가 보기에는 협박, 갈취와 별반 다를 게 없는 과정이었다.

"앞으로 4왕국은 아주 든든한 칼리온 제국의 동맹국이 될 예정입니다. 그리고 성녀가 건네줬다는 문서 내용도 대강 파악했어요."

"요즘 인간들은 정말 알 수가 없군."

렉시온이 질렸다는 듯 중얼거렸지만, 아렌트는 이 역시 모르는 척했다.

"생각보다 엄청난 거더라고요. 당시 체르니온 교단에 몸담았던 그림자 종족 엘프 주술사가 직접 남긴 기록이 었답니다. 아티팩트를 교단의 성물로 봉헌한다는 맹세와 함께 피로 쓴 서명까지 남아 있었고요."

"그리고?"

"어차피 렉시온 님은 다 아시는 내용일 텐데요."

견습 기사에게서 심드렁한 대답이 돌아왔다.

"루체 신이 영웅 칸을 선택하며 강력한 성검을 내렸으니, 그에 대항하기 위해 교단의 이들이 제각기 힘을 모아 성물, 그러니까 아티팩트를 제작해 체르니온 신께 바쳤다…… 이런 내용이었어요. 그림자 종족 엘프들이 만든

게 바로 '식지 않는 심장'이고요."

 몇 번 입에 담아도 참 끝내주는 작명 센스였다.

 다른 아티팩트의 제작자도 알 수 있었더라면 더 좋았을 테지만, 유감스럽게도 그 기록에 자세히 언급된 건 '식지 않는 심장'뿐이었다.

 "구구절절한 체르니온 신 찬양 글은 집어치우고. 성물을 이용해 꼭 처리해야 할 악적 몇몇의 이름이 언급되었던데……."

 아렌트의 눈동자가 소리 없이 굴러 렉시온을 향했다.

 그 시선을 알아차린 렉시온이 짧게 욕을 중얼거렸다.

 "젠장."

 "꽤 요란하게 노신 모양이던데요?"

 "시끄러워."

 렉시온이 짜증스럽게 쏘아붙였다.

 그와 반대로 아렌트는 제법 만족스러운 얼굴이었다.

 "여기서 떠들어 대면 엘프들 귀에도 들어갈 텐데. 괜찮아요?"

 "……."

 짜증 가득한 표정을 지으면서도 렉시온은 손가락을 딱, 튕겼다.

 마력이 작게 요동치며 두 사람 주위로 음파 차단 장막이 생겼다.

 그러자 기다렸다는 듯 아렌트가 히죽 웃으며 빈정대기

시작했다.

"굉장하시네요. 어느 쪽 신도 마음에 안 든다고 말씀하신 주제에 영웅 칸의 동료로 대활약 하셨다면서요?"

"빈정거리지 마라. 진짜 죽여 버린다."

렉시온이 으르렁거렸지만 아렌트는 아랑곳하지 않았다.

"이야, 4왕국 장로님이 알면 기절하시겠어요. 영웅 칸의 동료였던 대마법사가 사실은 드래곤이었는데, 심지어 지금 그 드래곤이 칼리온 제국에 있다니."

"……."

"영광도 이런 영광이 따로 없어요. 칼리온 제국의 국민으로서."

"거기까지만 해라. 토 나올 것 같으니까."

렉시온이 짜증스럽게 경고해도 아렌트의 입가에 은은하게 맴도는 얄미운 웃음기는 사라지지 않았다.

"그러게 가명이라도 쓰시지 그랬어요. 황태자 전하랑 단장님도 꽤 놀라신 것 같던데. 일단 당분간은 함구하겠습니다. 셋만 알고 있기로 했어요."

"그것참, 대단한 호의로군."

빈정거리는 렉시온은 진심으로 기분이 나빠 보였다.

더 놀리면 폭발할 것 같은 모양새에 아렌트는 때맞춰 화제를 돌렸다.

"몇 가지 더 여쭤봐도 됩니까?"

"아니."

"그러면 여기저기 소문내고 다녀도 되나요? 일단 당장 우리 선배들부터."

"……."

그렇다고 해서 깐족거리는 것을 멈춘 건 아니었다.

속을 살살 긁어 대는 견습 기사를 옆에 둔 렉시온의 표정이 실시간으로 일그러졌다.

아렌트는 드래곤에게 특유의 얄미운 미소를 지어 주었다.

"늘 그랬듯이 거래하자고요. 당분간 입 다물어 줄 테니, 렉시온 님은 제 질문에 대답해 주는 걸로."

"좋아, 상황이 정리되면 너부터 죽여 버리지."

"그 말씀은 예전부터 몇 번이나 하셨어요. 다음부터는 다른 대사라도 준비해 보시는 게?"

역시나 한 마디도 지지 않는 아렌트였다.

"어쨌든, 농담 따먹기는 그만하고요."

"네가 먼저 시작했잖아, 이 망할 꼬맹이."

렉시온이 짜증스럽게 쏘아붙였지만 아렌트는 그냥 무시하고 제 할 말만 내뱉었다.

"마음이 바뀐 이유가 뭐예요? 전쟁 때는 루체 신을 모시는 데 진심이었던 거 아니에요?"

"누굴 배교자로 몰아가고 싶은 건지는 모르겠지만, 난 예전부터 이랬다. 마음 바뀐 적 없어. 그렇다고 해서 너처럼 숨 쉬듯 신성 모독을 저지를 생각도 없지만."

그때나 지금이나 신에게 의지해 기도하는 것은 그의 취향이 아니었다.

"그래도 루체 신에게 신뢰를 잃어버린 계기 정도는 있을 거잖아요. 데면데면하긴 해도, 그 당시까지는 몸을 의탁할 곳이라는 인식 정도는 있었던 것 같은데."

"……."

꽤 한참 동안 침묵을 지키던 렉시온이 짧게 툭 내뱉었다.

"굳이 말할 필요 있나? 지금 돌아가는 꼴만 봐도 충분히 짐작할 텐데."

"그렇긴 하죠. 좀 더 직설적으로 질문해도 되나요? 렉시온 님이 갑자기 천벌 받아서 급사하지 않는 선에서 대답해 주시면 좋겠는데요."

"……."

도대체 어디부터 지적해야 할지 알 수가 없지만, 딱 하나만은 확실했다.

지금 그에게는 거부권이 없다는 것.

"하아…… 영악한 애새끼 같으니."

렉시온이 탄식 섞인 한숨을 푹 내쉬었다.

엘프 4왕국 종족이 자신들의 선조가 체르니온 교의 핵심이었다는 것을 알리고 싶지 않아 했던 것처럼, 렉시온 역시 마찬가지였다.

드래곤이 위대한 존재라는 걸 모르는 사람은 없다.

그런 드래곤마저도 신에게 복종한다면 루체의 이름은 더욱 반짝이게 될 것이다.

렉시온은 결코 그런 상황을 원치 않았다.

그리고 렉시온은 아렌트가 그 사실을 떠벌리고 다니지 않을 거란 확신이 없었다.

저놈이 제 수중에 있는 건 전부 다 이용하는 놈이라는 걸 잘 아는 탓이었다.

"지껄여 봐."

"영웅 칸이랑 루체 신은 어떤 관계였어요?"

담백하게 튀어나온 질문에 렉시온의 얼굴이 와락 구겨졌다.

"……처음부터 세게 나오는군."

잠깐의 뜸 뒤, 다소 짜증스러운 대꾸가 돌아왔다.

"그걸 묻는다는 것부터가 이미 네 안에는 어떤 답이 있다는 뜻 아닌가?"

"추측하는 거랑 당사자에게 듣는 건 좀 다르죠. 하지만 대답하기 곤란하시다면 됐습니다. 렉시온 님 반응만으로 대충 알겠으니까요."

아렌트의 어조는 그저 태평하기만 했다.

"세간에 알려진 것처럼 그리 바람직하지만은 않았던 모양이죠?"

"……."

렉시온은 침묵했다.

그건 곧 긍정이라는 뜻이었다.

그에게 시선을 주지 않은 채 아렌트가 툭 내뱉었다.

"예를 들어서 신앙심 때문에 망가졌다거나."

"……신의 은총을 받기는 조금 나약한 구석이 있었지만, 그래도 훌륭히 잘 해냈지."

얼마간 뜸을 들이던 렉시온이 대답했다.

"조금 망가지긴 했지만 악신교도 무찌르고 제국을 세울 정도는 됐으니…… 성과는 확실하게 냈지만, 정작 본인이 썩 행복하지는 못했다는 거네요."

아렌트의 말에 렉시온이 시원찮은 얼굴로 고개를 끄덕였다.

"잘 알아듣는군."

"본인은 그 결과에 만족했고요?"

"글쎄, 나는 끝까지 함께하지는 못해서."

렉시온의 붉은 눈동자에 살짝 그림자가 드리웠다.

"내가 본 바로는 그런 것 같았다. 하지만 대부분의 인간들이 생각하는 것처럼 영웅이 됐다는 고양감에 도취되는 성격은 아니었어."

"그렇다면 다른 사람이 아니라 본인이 희생당한 것에 만족한 거겠네요."

이번에도 렉시온은 침묵으로 긍정했다.

잠깐 뜸을 들이던 아렌트가 노골적인 조소를 터뜨렸다.

"그것참, 영웅적이네."

동시에 비극적이기도 했다.

"멀리서 보면 희극, 가까이에서 보면 비극이라더니."

혼잣말을 읊조리는 음성이 차게 식어 있었다.

그 모습에서 렉시온은 어쩐지 묘한 위화감을 느꼈다.

라이오스를 가만히 응시하는 황금색 눈동자에 한순간 알 수 없는 빛이 스쳐 지나간 것이다.

'뭐지?'

방금 전까지 얄미운 말을 지껄여 대던 때와는 미묘하게 달라 보였다.

하지만 무슨 차이가 있는지 콕 집어 설명할 수는 없었다.

그러나 위화감은 금세 사라져 버렸다.

렉시온의 시선을 느낀 아렌트가 고개를 돌리고는 눈썹을 휜 것이다.

기습적으로 눈이 마주친 렉시온이 움찔하는 찰나, 아렌트가 툭 내뱉었다.

"뭘 봐요?"

"……네 싸가지의 원천이 어딘지 진심으로 궁금해지기 시작했다."

"글쎄요, 잘생긴 얼굴인가."

뻔뻔하게 돌아온 대답에 렉시온은 순간 자신이 하던 고민도 잊어버렸다.

"미친놈 진짜……."

탄식을 흘리며 관자놀이를 꾹꾹 누르는 렉시온을 일별한 아렌트가 화제를 돌렸다.

"어쨌든, 악신교 놈들은 아티팩트를 제작할 정도로 성검을 경계했다는 거잖아요. 그건 지금도 마찬가지일 테고."

게다가 지금은 아티팩트를 몇 개나 잃어버린 상태였고, 그중 몇 개는 심지어 황실 기사단의 손에 있었다.

"이런저런 상황을 고려해 보면……."

잠깐 뜸을 들이던 아렌트가 덧붙였다.

"놈들이 어떤 시나리오를 원하는지 대충 눈에 보이거든요."

"그러냐."

렉시온이 팔짱을 끼며 심드렁하게 대답했다.

"참고로 난 안 도와줄 거다."

"이제 와서 치사하게 그러실 겁니까?"

"지금껏 호구처럼 굴어 준 건 다 이때를 위해서지. 너무 일찍 죽으면 지켜보는 의미도 없으니까."

잠깐 뜸을 들이던 렉시온이 툭 내뱉었다.

"알아서 요령껏 살아남아. 그래야 증명이든 뭐든 할 수 있을 테니."

"각박한 드래곤이네."

아렌트 역시 마찬가지로 무심하게 대꾸했다.

"값 치를 준비나 단단히 해 두세요."

* * *

리타는 살짝 긴장했다.

소파에 길게 늘어진 자신의 주인의 심기가 굉장히 불편해 보인 탓이었다.

'오늘도인가?'

며칠째 그녀의 상태는 변하지 않았다.

소파에 늘어져서 칭얼거리거나 지금껏 모아 온 몬스터 표본을 만지작대며 시간을 때우고, 가끔은 아직도 멀었냐며 히스테리를 부리곤 했다.

그녀의 주인, 모두가 진이라고 부르는 작은 엘프 소녀는 지루한 것을 참지 못하는 나쁜 버릇이 있었다.

진이 소파에서 이름 모를 몬스터의 잘린 손을 만지작거리며 심심함을 달래기 시작한 지 거의 1시간이 되어 가고 있었다.

이제 슬슬 그녀의 인내심이 다할 때가 되었다.

리타는 잠깐 눈을 감고 3초를 셌다.

셋, 둘, 하나.

그 셈이 채 끝나기도 전, 진이 자리에서 벌떡 몸을 일으켰다.

"로저는 아직이래?"

"어제 연락하신 뒤로는 아직 아무것도……."

리타의 대답에 진은 손을 내던져 버리며 짜증을 터뜨렸다.

"이 머저리 아저씨 같으니!"

"로저 님은 머저리가 아니십니다만."

"말이 그렇다는 거잖아, 바보야! 다음에 만나기만 해 봐, 내가 아주 그냥 구울로 만들어 버릴 테니까!"

가만히 지적하자 진이 본격적으로 발광하기 시작했다.

그녀를 가만히 바라보며 리타는 생각했다.

'다음에 연락하실 땐 조심하라고 말씀드려야겠다.'

……라고.

진이라면 정말 로저의 몸뚱이를 죄다 분해하겠다고 달려들지도 모르니까.

리타가 멍하니 속으로 되뇌는 사이, 진은 흐트러진 금발을 쓸어 넘기며 소파에 등을 툭 기댔다.

"조금만 기다리면 된다더니, 결국 로저 말대로 된 건 아무것도 없잖아! 아까운 애들만 잔뜩 갈려 나가고!"

엘프 수장 둘을 전장으로 끌어내는 데는 성공했지만, 그걸 '유인'이라고 말하기도 민망한 성과였다.

진과 호문쿨루스가 나서지 않는 선에서 나름의 최선을 다하고 있었지만, 전세는 좀처럼 바뀔 생각을 하지 않았다.

에버란 왕국과 칼리온 제국의 황실 제2기사단, 그리고

은빛 호수 종족의 엘프 전사들이 생각보다 수월하게 구울들을 막아 내고 있는 탓이었다.

종종 완성된 '기적의 병사' 구울을 내보내기도 했지만, 그들조차도 엘프들의 손에 처리되어 버렸다.

결국 이쪽은 피해다운 피해도 입히지 못하고서 끈질기게 소모전만 벌이는 상황이었다.

"아무것도 없는 건 아닙니다. 전력 일부를 이쪽으로 끌어내는 데는 성공했으니까요."

"일부? 일부 좋아하시네! 아직도 황궁에 절반 이상이 남아 있잖아!"

리타의 반박에 진이 빽 고함쳤다.

애초에 엘프들이 이리 적극적으로 전투에 나서는 것부터가 이상한 일이었다.

"빌어먹을! 제국이랑만 손잡았던 거 아냐? 왜 에버란 왕국 일까지 참견하는데!"

애써 정리했던 머리칼을 다시 진이 헝클어 버리기 시작했다.

결국 보다 못한 리타는 그녀에게 다가가서 직접 머리를 다듬어 주기 시작했다.

자연스럽게 그 손길을 받아들이며 진이 계속해서 투덜거렸다.

"어쨌든 완전 망했어. 그 망할 3기사단 단장이란 놈이 엉덩이가 이렇게 무거울 줄은 누가 알았겠어?"

라이오스 드 윈프리드가 움직이지 않았는데도 전선이 이 정도로 유지되는 것도 예상 밖이었다.

적어도 라이오스나 아렌트를 상대하게 될 거라고 생각했던 진은 맥이 빠질 수밖에 없었다.

게다가 기껏 움직이기 시작한 니케포르 역시 어디선가 불쑥 나타난 드래곤과 싸운 뒤 다시 휴식기에 들어가 버렸지.

뭐 하나 마음에 드는 게 없었다.

"그냥 다 개박살 내 버리면 될 걸, 전략은 무슨 전략이야?"

"진 님, 너무 화내시면 이리스 님께서 걱정하실 겁니다."

"……."

리타의 충고에 순식간에 진이 얌전해졌다.

리타는 그제야 진의 흐트러진 머리를 한 갈래로 땋아 줄 수 있었다.

진이 입을 비죽이며 투덜거렸다.

"……내가 공부하라고 하긴 했지만, 왜 쓸데없는 것까지 빠르게 배우고 난리야? 태어난 지 얼마 되지도 않은 주제에."

"보고 들은 것이 그것밖에 없으니까요. 진 님을 모시기에는 나쁘지 않은 지식인 것 같습니다."

"누구야, 로저야? 아인이야? 아님 니케 님…… 이 그러실 리는 없지. 이 아저씨들을 확 그냥!"

짜증스럽게 으르렁거리는 진의 말을 무시하고서 리타

는 진의 머리를 깔끔하게 땋아 주었다.

이제 어지간히 몸부림치지 않고서야 실타래처럼 긴 금발이 아무렇게나 휘날릴 일은 없을 터였다.

"성물이 바로 코앞에 있는데, 그 망할 놈의 전략 때문에 손도 못 댄다는 게 말이 돼? 그 애송이 왕자 녀석, 보란 듯이 성물을 사용하고 있잖아!"

"진 님."

"알았어! 진정하면 되잖아."

리타의 조용한 부름에 진이 다시 꽥 고함을 질렀다.

하지만 투덜거리는 것은 멈추지 않았다.

"어쨌든 진짜 가만 안 둘 거야. 찢어 죽여 버릴 거라고."

그 살벌한 선언이 끝난 순간, 리타와 진이 거의 동시에 멈칫했다.

온갖 동물과 몬스터 표본과 서류들이 엉망으로 뒹구는 방 한편, 유일하게 어느 정도 정돈된 책상 위에서 통신구가 반짝이기 시작한 것이다.

리타가 통신구를 가져다주자 진은 입을 비죽 내밀면서 통신을 연결했다.

"로저지? 사고 안 치고 얌전히 있어! 또 뭐가 궁금해서 통신한 거야? 대기해, 아직이다, 어쩌고 할 거면 내가 연락하지 말랬잖아! 짜증 난다고!"

- 잘 참고 있는 모양이군. 훌륭하다.

아니나 다를까 통신구 너머에서 로저의 침착한 목소리

가 돌아왔다.

진이 날카롭게 쏘아붙였다.

"내가 무슨 개라도 돼? 맨날 기다려, 멈춰, 이딴 말밖에 안 하잖아! 지금도 봐, 얼마 안 걸릴 거라더니 순 거짓말이고! 라이오스 단장은커녕 견습 애송이도 코빼기도 안 비치잖아!"

- 이건 내 불찰이군.

의외로 순순한 대답이 돌아왔다.

잠깐 멍하니 있던 진은 문득 한 가지 사실을 깨달았다.

"너…… 애초에 그 두 놈은 움직이지 않을 거라고 생각한 거지? 날 여기에 처박아 두려고 일부러 거짓말한 거 아냐?"

- 그건 아니다. 적어도 절반 정도의 확률이라고는 생각했지.

"그게 뭐야, 결국 반쯤은 안 올지도 모른다고 여겼다는 거잖아!"

통신구에 대고 진이 버럭 고함쳤다.

하지만 건너편에서 들려오는 로저의 목소리는 여전히 담담할 뿐이었다.

- 그들도 바보가 아니니까.

"그럼 난 멍청이라는 거야?!"

- 그럴 리가. 조금 침착해. 더 이상 기다리란 말은 하지 않을 테니.

반사적으로 뭐라 쏘아붙이려던 진이 멈칫했다.

"뭐?"

- 움직여. 더 이상 기다리는 것은 무의미하다. 성물을 회수해 와.

진은 한참 동안 눈을 끔뻑이기만 했다.

로저의 차분한 목소리가 이어졌다.

- 불경하게도 체르니온 님의 성물을 사용하는 왕자는 찢어 죽여도 좋다. 성물을 회수해. 목적을 달성하면 즉시 철수하되, 방해하는 자들은 모두 없애 버려.

멍하니 있던 진이 불현듯 물었다.

"로저는?"

- 나도 움직일 거다.

들뜬 물음에 가라앉은 대답이 돌아왔다.

- 저주스러운 빛의 검이 움직이기 전에 그것부터 처리해야지.

잠시 후. 진의 앳된 얼굴에 해사한 미소가 번졌다.

* * *

슬슬 전장에서 보내는 밤도 익숙해지고 있었다.

연이은 교착 상태에 적도 질린 건지, 며칠째 공격도 제법 뜸해지고 있었다.

그래서 르웰린은 모처럼 지휘관들끼리 모인 식사 자리

를 마련할 수 있었다.

다이아나, 셰키나와 간만에 제대로 된 식사를 한 뒤 그는 느긋하게 자신의 숙소로 돌아갔다.

"왕자님, 이런 곳에서 오래 지내시기 불편하지 않으십니까?"

뒤따라오던 호위 기사가 새삼스러운 질문을 건넸다.

르웰린은 손을 휘휘 내저으며 너스레를 떨었다.

"불편할 게 뭐가 있어. 잘 곳 있지, 식사도 해결할 수 있지, 깨끗한 물이랑 환복할 옷도 충분하고. 따라다니면서 시중들어 주는 사람도 있는데."

"하긴, 왕자님은 옛날부터 방랑을 즐겨 하셨다고 들었습니다. 아직 젊으신데 대단하십니다."

"내가 좀 대단해."

기사가 웃으며 터뜨린 감탄에 르웰린이 익살스럽게 대답했다.

"흙바닥에서도 얼마든지 굴러다닐 수 있는데, 이런 곳은 왕궁이랑 별 차이도 없다고."

"그러시군요."

마치 어린 아들을 대하듯 기사가 고개를 끄덕였다.

그 모습에서 르웰린은 전장의 분위기가 상당히 풀어졌다는 것을 깨달았다.

그래도 어느 제국의 망할 견습 기사의 말에 따르면, 쓸데없이 어깨에 힘을 넣고 있는 것도 좋은 일은 아니라고

하니.

지금 굳이 문제 삼을 생각은 없었다.

어차피 때가 되면 이 정도 여유를 부리는 것조차 불가능해질 테니까.

"필요한 게 있으시면 언제든 호출해 주십시오, 왕자님. 저는 문 앞에서 대기하겠습니다."

방 앞에 도착하자 기사가 고개를 깊이 숙였다.

하지만 르웰린은 고개를 내저었다.

"그냥 들어가서 쉬어. 내가 몇 번이나 말하지 않았나?"

"하지만, 왕자님. 적들이 바로 코앞에 있습니다. 언제 위협이 닥칠지 모릅니다."

"괜찮아. 알잖아. 내가 경보다 강할 수도 있어."

르웰린이 장난스럽게 던진 말에 기사가 쓰게 미소 지었다.

"과연 그것도 맞는 말씀이군요."

"그러니까 그냥 복귀해. 자네도 밤에는 편히 쉬어야지. 명령이야."

"알겠습니다. 좋은 밤 되십시오, 왕자님."

기사가 정중히 묵례한 뒤 물러났다.

그 뒤에야 르웰린도 자신의 방으로 돌아갔다.

뒤늦은 피로감이 몰려들어 그는 옷을 갈아입지도 않고서 침대에 몸을 던졌다.

불 꺼진 방의 천장에 고인 진득한 어둠이 마치 이불처

럼 르웰린을 감쌌다.

"……."

 방심할 생각은 없었다.

 단지 놈들이 작정하고 보낸 암살자들을 그 기사가 감당할 수 없을 거란 생각이 들었을 뿐이었다.

 건방 떤 것과는 별개로, 자신이 감당할 자신 역시 없기도 했지만.

 아렌트가 종종 말하곤 하는 제 역할이라는 게 뭔지 슬슬 알 것 같았다.

 '결국 각자 최고의 효율을 낼 수 있는 자리에서 최선을 다하라는 말이지.'

 본인 혼자 너무 많은 효율을 내서 탈이지만.

 놈의 자기애는 이따금 특이한 방향으로 어울리지도 않는 기사도를 발휘하고는 했다.

 '그걸 기사도라고 해도 되는지 모르겠지만.'

 자신이 제일 잘났다며 재수 없이 구는 녀석 때문에 복장을 터뜨리다 보면, 어느새 가장 위험한 자리를 차지한 아렌트를 발견하곤 했다.

 제 잘난 맛에 사는 놈인 만큼 남에게도 까다롭게 굴 것 같지만, 아렌트는 결코 뒤를 돌아보는 법이 없었다.

 마치 모두 어떻게든 해내리라 믿는다는 것처럼.

 '하여튼 제정신이 아니지.'

 살벌한 신뢰였다.

동료 기사들은 물론이고, 르웰린을 대하는 태도 역시 그랬다.

최전선에서 물러서란 말을 하는 대신 마정석을 가득 보내 준 것도 비슷한 의미인 듯했다.

탐탁잖기는 하지만 병력을 이끌고 전장에 서기로 한 르웰린의 선택을 존중한 것이다.

그러니 르웰린은 제 선택에 책임을 져야 했다.

한동안 침대에 늘어져 있던 르웰린은 문득 고개를 들었다.

"……."

사위는 여전히 어둡고 고요했다.

바깥에서 순찰을 도는 병사들의 발소리만 간간이 들릴 뿐이었다.

잠시 귀를 기울이자 두런두런 잡담하는 병사들의 기척이 멀어졌다.

완벽한 침묵이 찾아왔다.

편안한 잠자리를 돌봐 주는 부드러운 정적이 아니라, 마치 잘 벼린 칼날 같은 적막함이었다.

거기에서 불길함을 감지한 르웰린은 천천히 상체를 일으켰다.

잘 닫힌 창문은 두꺼운 커튼으로 가려져 있었다.

안타깝게도 르웰린은 제국의 기사단만큼 예리한 기감을 갖추지는 못했다.

그러니 그는 자신의 불완전한 육감에 의지할 수밖에 없었다.

"……."

주변을 경계하며 손을 뻗어 마정석을 한 움큼 집어 주머니에 쓸어 넣었다.

다음으로는 침대 옆에 아무렇게나 기대 세워 둔 검을 찾아 손아귀에 쥐었다.

르웰린이 온몸을 긴장시킨 바로 그 순간.

쨍그랑!

아무런 예고도 없이 창문이 박살 나며 밤의 적막을 찢어발겼다.

챙강!

르웰린이 반사적으로 휘두른 검에 암기가 부딪혀 날아갔다.

바닥을 뒹구는 단도를 보자니 머리털이 쭈뼛 곤두섰다.

"……."

그럼에도 적의 기척은 전혀 느껴지지 않았다.

모습도 보이지 않았다.

암살자들이 가진 투명화 스크롤의 효과였다.

르웰린은 곧장 마정석을 손에 쥐고 아티팩트를 강하게 발동했다.

새파란 빛이 터져 나오며 강한 마력 돌풍이 한순간 방을 휩쓴 순간, 지금껏 보이지 않던 암살자들의 모습이 드러났다.

"……!"

설마 모습을 들킬 줄은 몰랐던지 암살자들이 눈을 크게 떴다.

르웰린 역시 얼떨떨하게 중얼거렸다.

"진짜 이게 되네?"

아렌트가 언젠가 알려 준 투명화 스크롤 파훼법이었다.

하지만 감탄할 시간은 길지 않았다.

손에 쥔 마정석이 파스스 흩어져 가루가 되고, 르웰린은 곧장 다음 마정석을 손에 쥐었다.

상대는 총 다섯 명.

검은 천으로 얼굴을 칭칭 감은 탓에 외모를 제대로 확인할 수는 없었다.

얼핏 보기에는 평범한 인간 같았지만, 놈들에게서 풍기는 익숙한 악취가 그게 아니라는 것을 증명하고 있었다.

'기적의 병사…… 구울인가.'

인간인 채로 구울이 되었다는, 지능도 뛰어나고 좀처럼 죽지도 않는 신체를 가진 정신 나간 놈들이었다.

"성물을 넘겨라."

가래 끓는 소리로 적이 읊조렸다.

그에 르웰린의 입가에 비릿한 미소가 걸렸다.

"성물 같은 건 모르겠는데. 성질 더러운 친구한테 받은 이상한 선물은 하나 있어도."

"……."

그 대답에 적들은 각자 든 무기를 고쳐 쥐었다.

르웰린이 협조할 생각이 전혀 없다는 것을 알아차린 것이다.

르웰린 역시 재차 이어질 전투에 대비해 몸을 긴장시켰다.

서로 신호조차 주고받지 않은 적들이 한꺼번에 르웰린을 향해 한 발짝을 뗐다.

바로 그 순간.

서걱.

적 중 한 명의 머리가 그대로 베여 나갔다.

미처 놈이 죽음을 인지할 새도 없이, 머리통을 잃은 상체의 심장 부분에 날카로운 검이 파고들었다.

"……!"

바닥을 뒹구는 머리의 두 눈이 휘둥그레 커졌다.

심장을 꿰뚫린 몸뚱이는 몇 차례 경련을 일으켰다.

하지만 그것도 잠시, 검기가 드리운 검이 순식간에 놈의 몸통을 산산조각 냈다.

후두둑.

쏟아지는 살점 뒤에서 드디어 전장에 난입한 기사의 모습이 드러났다.

다이아나였다.

"왕자님, 괜찮으십니까? 늦어서 죄송합니다."

구울의 끈적한 피를 검에서 털어 내며 다이아나가 단정하게 사죄했다.

"아냐, 딱 맞게 끼어들었어."

적들의 실체를 눈으로 확인한 다이아나는 침착하게 툭 내뱉었다.

"그 녀석 말대로군요. 직접 경계를 서길 잘한 것 같습니다."

그 녀석이란, 지금쯤 황궁에 있을 견습 기사를 말하는 거였다.

"바깥에서도 소란이 일어났습니다. 잠깐 창문 밖으로 상황을 확인하느라 늦었습니다."

"이렇게까지 곧이곧대로일 줄은 몰랐는데."

"그렇다고 쉬운 상황이라는 건 아닙니다. 상정한 것 중 최악의 경우가 발생했다는 뜻이니까요."

르웰린이 태평하게 히죽대며 하는 말에 다이아나가 핀잔을 주었다.

두 사람 다 암살자들의 존재 따위는 안중에도 없다는 태도였다.

적들의 얼굴이 딱딱하게 굳었다.

그것을 알아차린 다이아나가 가볍게 한숨을 내쉬고 검을 고쳐 쥐었다.

"어쨌든 빠르게 정리하겠습니다. 최대한 빨리 바깥 전

장에 합류해야 합니다."

"하여튼 기사란 족속들은 재미가 없다니까."

왕자가 불만스레 투덜거리는 사이, 적들이 이를 악물며 다이아나에게 성큼 다가섰다.

하지만 채 그들이 무기를 들 틈도 없었다.

한발 먼저 움직인 다이아나의 검이 또다시 구울의 머리를 갈랐다.

"……!"

제대로 보이지도 않을 정도로 빠른 움직임이었다.

뻣뻣하게 굳은 구울의 머리가 툭 바닥에 떨어질 무렵, 다시 한번 번뜩인 검이 덩그러니 남은 몸뚱이를 세로로 갈라 버렸다.

후두둑.

형편없이 무너지는 몸뚱이를 멍하니 보던 다른 구울들이 퍼뜩 정신을 차리고 검을 휘둘렀다.

카아앙!

다이아나의 검이 어느새 목의 지척까지 다가와 있었다.

착 가라앉은 기사단장의 눈과 시선을 마주친 구울이 저도 모르게 움찔했다.

"아무래도 얕보인 모양이군."

끽, 끼긱.

팽팽하게 맞닿은 검 너머에서 다이아나가 싸늘하게 중

얼거렸다.

"괴물 같은 녀석들이 하도 날뛰어서 그렇지, 나도 괜히 단장직을 단 게 아니거든."

그게 구울이 들을 수 있는 마지막 말이었다.

간단히 구울을 떨쳐 낸 다이아나는 힘겨루기에서 밀린 놈이 휘청거리는 사이, 다리를 베고 머리를 검으로 꿰뚫었다.

푸욱.

적이 경직된 아주 짧은 순간, 검기가 폭발하며 머리가 수박이 깨지는 것처럼 터져 나갔다.

빠르게 검을 회수한 다이아나는 뒤에서 달려들던 남은 두 암살자 역시 깔끔하게 정리했다.

털썩.

채 비명도 지르지 못하고 구울들이 쓰러지자 멀뚱히 구경만 하던 르웰린이 감탄을 터뜨렸다.

"이야…… 나중에 나한테도 가르쳐 주면 안 돼? 그건 또 무슨 묘기야?"

"배운다고 할 수 있는 게 아닙니다, 왕자님. 가시죠."

하지만 다이아나는 짧은 장난을 받아 줄 생각이 전혀 없는 것 같았다.

르웰린 역시 농담 따먹기는 포기하고 검을 갈무리한 뒤 다이아나를 따라나섰다.

그때, 피가 끓는 목소리가 두 사람의 걸음을 잡아챘다.

"결국……."

흠칫하며 뒤로 돌아선 그들은 아직 채 숨이 끊어지지 않은 암살자의 머리통이 말을 하고 있다는 사실을 깨달았다.

다이아나가 질린 얼굴로 중얼거렸다.

"저 상태로도 말을 하는군."

잘린 목이 핏발 선 눈으로 똑바로 다이아나와 르웰린을 노려보았다.

잘려 나간 목 단면에서는 쉴 새 없이 검게 죽은 피가 쏟아지고 있었지만, 놈은 아랑곳하지 않고 천천히 말을 이어 갔다.

"……커헉, 결국, 모든 것은 그분 뜻대로 될 것이다."

입술 사이에서 죽은 피를 왈칵 쏟아 낸 머리가 저주를 담아 읊조렸다.

"어둠이 도래할 세상에…… 미리 무릎을 꿇는 것이, 자비를 구할, 마지막 길임을……."

"쯧, 재수 없게."

하지만 그것이 채 말을 다 잇기도 전, 르웰린이 손가락을 한 번 튕겼다.

"아니, 전부 다 그놈 뜻대로 될걸."

퍽!

아티팩트가 발동되며 암살자의 머리통이 저항조차 하지 못하고 터져 나갔다.

더 이상 듣지도 말하지도 못하는 적을 향해 르웰린이 짐짓 유쾌하게 내뱉었다.

"신이고 뭐고, 본인 마음대로 안 되면 깽판부터 놓고 보는 못되어 처먹은 놈이라."

죽어 나자빠진 구울들을 무심하게 일별한 르웰린은 미련 없이 돌아서서 다이아나보다 한발 먼저 방을 빠져나갔다.

"그래서, 바깥 상황은?"

"성문 안까지 침입한 적들과 교전 중입니다. 침입 경로는 현재 파악 중입니다."

걷는 속도를 빠르게 하며 다이아나가 보고했다.

"왕자님께서는 어쩌시겠습니까? 마음 같아서는 피하라고 말씀드리고 싶지만……."

"이렇게 된 이상 안전한 곳은 없잖아. 내 생각에 다이아나 경 옆에 찰싹 붙어 있는 편이 제일 목숨 부지하기 좋을 것 같은데. 겸사겸사 밥값도 좀 하고."

"하아……."

다이아나가 심란한 한숨을 내쉬었지만 그렇다고 해서 반대한 것은 아니었다.

르웰린의 말이 딱히 틀리지 않은 탓이었다.

"걱정하지 마. 내 안전을 최우선으로 생각할 테니까."

다이아나가 다시 한번 묻기 전, 르웰린이 먼저 선수 쳤다.

모든 것은 그의 뜻대로 〈87〉

"어떤 방식으로든 민폐 끼칠 생각은 전혀 없어. 그리고 나한테는 다이아나 단장을 도울 만한 능력이 있어. 물론 괴물 같은 황실 기사단만큼은 아니겠지만. 그리고……."

르웰린은 목에 매달린 드래곤 본을 꾹 쥐었다.

"아렌트 말에 따르면 놈들이 노리는 건 이 아티팩트인 것 같으니까."

아렌트는 여차하면 넘겨주고 튀라고 말했지만, 르웰린은 이걸 넘겨줄 생각도, 곧이곧대로 죽어 줄 생각도 전혀 없었다.

그렇다면 남은 길은 딱 하나.

맞서 싸워 이기는 것뿐이었다.

"……알겠습니다."

결국 다이아나도 단념할 수밖에 없었다.

두 사람은 거의 뛰다시피 해 건물을 벗어났다.

이곳저곳에서 전투가 벌어지고 있었다.

성안까지 침입한 구울들이 마구 날뛰며 병사들을 공격하고 있었다.

다이아나와 르웰린을 발견한 2기사단의 헬렌이 급하게 달려왔다.

"단장님, 에버란 왕국의 병사 중 한 명이 안에서 성문을 열어 주었습니다. 잠깐 문이 열린 사이 적들이 밀고 들어온 듯합니다."

"첩자가 있었단 말이군."

"네, 발견 즉시 처단했습니다."

헬렌이 침착하게 보고했다.

"성벽 근처의 적들은 2기사단과 왕실 기사단이 대응 중입니다."

"셰키나 님은?"

"엘프 전사들과 함께 적들을 숲길로 유도해 가셨습니다. 지금쯤이면 그쪽에 미리 매복해 있던 전사 분들과 합류하셨을 겁니다."

"알겠다. 이쪽은 맡겨도 되겠나?"

"예!"

다이아나의 물음에 헬렌이 굳은 얼굴로 대답했다.

다이아나는 그녀의 어깨를 툭 쳐 주었다.

"무슨 일이 생기면 바로 신호하도록. 어디서 뭐가 튀어나올지 몰라. 방심하지 말고, 다치지 말고."

"알겠습니다. 두 분도 무탈하시길 진심으로 바랍니다."

고개를 깊게 숙인 헬렌이 몸을 돌려 다시 전장으로 복귀했다.

다이아나와 르웰린 역시 지체하지 않고 헬렌이 말한 숲길을 향해 달리기 시작했다.

작전은 단순했다.

그들은 적을 막아서는 대신 일부러 문을 열어 주었다.

물론 내부에는 언제든 대응할 수 있게 전력을 배치한 상태였다.

국경 외곽 성벽이 민가와 한참 떨어진 덕에 고를 수 있었던 선택지였다.
 적 일부는 성벽 근처에서 상대하고, 나머지는 안으로 유도해 적을 분산했다.
 국경 안으로 밀고 들어온 적들은 자연스럽게 성벽 내부에 펼쳐진 숲에 발을 들이게 될 것이다.
 그렇게 적이 두 갈래로 나눠지면 밖은 기사단과 에버란 왕국의 병력이 막고, 성벽 안쪽 숲으로 치고 들어온 이들에게 엘프 전사들이 공격을 퍼붓는다.
 제아무리 능력 좋은 괴물들이라도 숲에서 엘프들을 상대하기란 쉽지 않을 것이다.
 그곳이야말로 엘프들의 영역이었으니까.
 "왕자님!"
 잠깐 상념에 잠겼던 르웰린은 다이아나의 목소리에 퍼뜩 정신을 차렸다.
 반사적으로 고개를 확 숙이자 어디선가 날아온 단도가 아슬아슬하게 머리 위를 스치고 지나갔다.
 어느새 바짝 따라붙은 적이 르웰린을 노리고 검을 휘둘렀다.
 르웰린은 공격을 쳐 낸 뒤 단번에 놈의 목을 베어 버렸다.
 서걱!
 구울 특유의 썩은 피가 튀며 악취를 풍겼다.
 목을 잃었음에도 적은 죽지 않았다.

바닥을 굴러다니는 머리를 내버려 둔 채 적은 감각만을 이용해 르웰린을 향해 다시금 덤벼들었다.

 하지만 교대하듯 끼어든 다이아나의 검에 결국 산산조각 나 바닥에 쓰러졌다.

 단칼에 목이 잘려 나간 적을 힐끗 본 다이아나가 담백하게 칭찬했다.

 "이 정도면 딱히 걱정하지 않아도 괜찮겠군요."

 "그렇다니까. 내가 괜히 탐험가 연합장을 해 먹는 게 아니라고."

 르웰린은 괜히 투덜거리며 앞장서기 시작했다.

 여전히 곳곳에서 소란이 벌어지고 있었다.

 '이쪽이 이 정도로 아수라장이라면…….'

 곳곳에서 구울들을 상대로 싸우는 이들이 눈에 들어왔다.

 작전대로 순조롭게 흘러가고 있다고는 하지만, 전장 특유의 참혹한 광경이 달라지는 것은 아니었다.

 르웰린의 얼굴이 설핏 굳어졌다.

 분명 칼리온 제국 쪽도 조용하지는 않을 것이다.

 '무사해라.'

 습관적으로 루체 신에게 무탈을 기도하려 했지만, 그는 이내 그만두었다.

 어딘가의 건방지고 불경한 놈이 아니꼬워할 것 같다는 생각 때문이었다.

"하여튼."

아렌트가 태평하게 툭 내뱉었다.

"의외성이라고는 하나도 없는 자식들 같으니."

새하얀 서리에 뒤덮인 검을 털어 내는 그의 뒤에는 적이 덤벼들던 자세 그대로 얼어붙어 있었다.

쩌억.

냉기를 이기지 못한 신체가 살벌한 소리를 내며 갈라지더니 이내 흰 서리 가루가 되어 흩어졌다.

"의외성이 없다고?"

곁에서 적을 베어 낸 아서가 쓰러지는 시체를 걷어차며 짜증스럽게 투덜거렸다.

"한밤중에 대신전을 습격하는 게 의외성이 없는 거냐?"

"이게 얼마나 흔해 빠진 전개인데요. 이딴 게 신선하게 느껴진다면 선배의 발상이 딱 거기까지라는 겁니다."

다음 적을 서걱, 반으로 가른 아렌트가 밉살맞게 대꾸했다.

쯧 혀를 찬 리히트는 두 사람을 노리고 날아든 암기들을 한꺼번에 쳐 냈다.

"제발, 성가시니까 쓸데없이 말싸움하지 마라."

챙강!

검과 단도가 부딪치며 날카로운 쇳소리가 터져 나왔다.

"그리고 어지간히 정신 나간 놈이 아니고서야, 이런 일은 예상 못 하는 게 당연하지."

"지금 저보고 정신 나간 놈이라고 하신 겁니까?"

아렌트가 투덜거리는 말에 리히트가 침착하게 대꾸했다.

"잘 알아들었군."

"그냥 솔직하게 말씀하셔도 되는데요. 너무 잘난 후배를 둬서 열등감 느껴진다고."

아렌트의 말은 바로 옆에서 터져 나온 적의 고함에 파묻혔다.

"더러운 빛의 종자 같으니! 감히 성물을…… 커헉!"

견습 기사를 향해 검을 내지르려던 그는 리히트의 검에 순식간에 절명했다.

털썩 쓰러지는 적을 슬쩍 확인한 리히트는 짜증 가득한 얼굴로 툭 내뱉었다.

"네 헛소리도 날이 갈수록 느는군."

"제대로 된 인간이라면 다방면으로 발전을 추구해야죠. 그런데 선배 농담 실력은 왜 안 늘지?"

"너, 슬슬 조용히 해라. 그러다가 선배님한테 칼 맞는 수가 있어."

조금 떨어진 곳에서 적을 처리하던 글렌이 보다 못해 충고를 건넸다.

그러나 돌아온 것은 역시나 얄미운 대꾸뿐이었다.

"할 수 있으면 어디 한번 해 보시라 그래요."

"아오, 저 재수 없는 새끼."

정신없이 싸우는 와중에도 대화를 듣고 있던 라이더가 투덜거렸다.

다음 순간 뒤에서 덮쳐 오는 적을 단칼에 해치우며 라이더는 혀를 쯧 찼다.

'여기서 누가 제일 정신이 나갔는지 가리는 것도 무의미하지.'

적과 싸우는 와중에 이런 잡담을 나누는 것부터가 제정신 아닌 행동이니, 지금 와서 새삼 아렌트를 욕할 수 있는 사람은 아무도 없었다.

애초에 지금 상황부터 정상적이지 못했다.

얼핏 평소와 다를 바 없는 밤.

대신전이 갑자기 아수라장이 되었다.

어둠 속에서 갑자기 적들이 나타나 대신전을 습격한 것이다.

하지만 고요한 대신전에 입성한 적들이 마주한 것은 무력한 신관들이 아닌, 라이오스가 이끄는 황실 제3기사단이었다.

루미엘 대신관을 비롯한 다른 신관들은 이곳에서 꽤 떨어진 황궁에서 보호받고 있었다.

'진짜 말도 안 되지.'

며칠 전, 연무장 구석에서 렉시온과 길게 대화를 나눈 아렌트는 갑자기 대신전이 습격당할 예정이니 대비해야 한다고 주장했다.

당연히 기사들은 당황할 수밖에 없었다.

하지만 이미 황궁의 중추들은 죄다 아렌트의 편이었다.

아렌트의 설명을 가만히 듣던 라이오스는 그대로 칸타레스에게 보고를 올렸고, 황태자는 두 번 묻지도 않고 곧장 작전을 승인했다.

게다가 엘프 교관 자카르까지 군말 없이 작전에 합세한데다, 최대한 빨리 대신전을 비워야 한다는 말에 당황하던 루미엘 대신관 역시 결국 휘하의 신관들을 설득해 냈다.

그리고 상황이 지금에 이르렀다.

아렌트의 말도 안 되는 예측이 정확하게 맞아떨어진 것이다.

'괴물 같은 새끼.'

대신전이 습격당할 거란 말은 얼핏 밑도 끝도 없이 들렸지만, 언제나 그렇듯 아렌트의 주장에는 충분한 근거가 있었다.

놈들이 성물이라 부르는 아티팩트는 과거 대전쟁 시대, 성검에 대응하기 위해 제작된 물건이었다.

그만큼 체르니온 교단은 성검을 두려워했다.

그러니 적들은 본격적인 전쟁을 시작하기 전, 가장 먼저 성검이 있는 대신전을 노릴 게 분명하다는 논리였다.

뜬금없이 루카인 왕국과 에버란 왕국 국경을 친 것도 황성 내의 병력을 분산할 목적이었을 거란 말까지 덧붙인 아렌트는 얼빠진 표정을 한 선배들에게 빈정거리는 것도 잊어버리지 않았다.

"그러고 있다가 적한테 엉덩이 한 대 걷어차이고 나면 정신 차리시겠네요."

······라고.
하지만 적이 언제 움직일지 정확히 예측하는 건 아무리 아렌트라고 해도 불가능했다.
게다가 갑자기 신관들이 빠져나가면 적들이 수상하게 여길지도 모르니 신중을 기해야 했다.
그래서 3기사단은 졸지에 신관 노릇까지 하며 한동안 교대로 대신전을 지켜야만 했다.
덕분에 지난 며칠간 눈코 뜰 새 없이 바빴다.
헛짓거리하는 거라면 아렌트부터 때려 줄 거라며 투덜거린 그들이었지만, 사실 모두가 알고 있었다.
'개소리를 지껄일지언정, 허튼 말을 하는 놈은 아니지.'
라이더의 시선이 전투에 여념이 없는 아렌트에게 잠깐 닿았다가 떨어졌다.
아렌트는 군더더기라곤 하나도 없는 움직임으로 적을 베어 넘기고 있었다.

문득 아렌트가 성검을 바깥으로 옮기지 못하는 걸 아쉬워하던 게 떠올랐다.

성검은 활성화되기 전에는 절대로 대신전 밖으로 나갈 수 없었다.

그래서 그들은 적이 쳐들어오기 전 성검을 밖으로 빼돌리는 것은 포기했다.

"아서, 아렌트! 우리는 안쪽으로 간다! 모두 위치로!"

리히트가 두 사람에게 지시했다.

대치하던 적을 깔끔하게 베어 넘긴 아서가 대답했다.

"예!"

아렌트 역시 발목을 붙잡는 적을 간단히 처리하고 두 사람 쪽으로 합류했다.

대신전 입구는 이미 구울들과 체르니온 교의 신도들로 가득했다.

3기사단과 엘프 전사 병력 절반은 정원에서 밀고 들어오는 적들을 상대하고 있었다.

대신전의 아름다운 정원은 이미 적의 피와 시체로 엉망이 되었다.

안쪽으로 이동하면서도 세 사람은 끝도 없이 덤벼드는 적들을 상대해야 했다.

몇 번째일지 모를 적을 베어 내며 리히트가 혀를 찼다.

"이놈들은 구울이 아니라 인간이군."

"체르니온 교단 소속 병력이에요. 신성력을 쓸 줄 아는 전투 신관들도 섞여 있을 겁니다. 렉시온 님이 그렇게 귀띔해 줬어요."

아렌트가 간단히 대꾸하자 아서가 얼굴을 구겼다.

"그렇다는 건, 여기에 있는 지휘관은 진이 아니라······."

하지만 그의 말은 끝까지 이어지지 못했다.

바깥에서 밀려든 적이 세 사람을 천천히 포위하기 시작했다.

"진짜 더럽게 많네. 도대체 어디에서 튀어나온 거야?"

미리 대비하고 있었지만, 놈들의 압도적인 머릿수를 온전히 감당하기란 쉬운 일이 아니었다.

서서히 포위망을 좁혀 오는 적들의 눈동자가 흉흉하게 빛났다.

아서가 꺼림칙하게 중얼거렸다.

"어째 밖에 있던 놈들까지 이쪽으로 오는 것 같지 않습니까?"

"당연하지. 이쪽에 아렌트가 있으니까."

리히트가 짜증을 약간 담아 대꾸했다.

거기에 아렌트가 한마디 더 얹었다.

"저런 머저리들도 잘난 사람을 알아보는 모양이죠."

"진짜 짜증 나는데, 쟤 그냥 저놈들한테 던져 주면 안 됩니까?"

"나도 그러고 싶은 마음은 굴뚝같다만, 단장님한테 혼날 거다."

아서와 리히트가 착잡하게 대화를 주고받았다.

놈들의 목표가 단지 성검만이 아니라는 게 판명되는 순간이었다.

아마 서리 어린 손길 또한 노리는 거겠지.

그리고 아렌트의 목도 제법 탐나는 먹잇감일 것이다.

그들이 쓸데없는 대화를 나누는 사이, 무기를 다잡은 적들이 한꺼번에 달려들기 시작했다.

"죽여 버려!"

"한 놈도 살려 놓지 마라!"

살기 어린 외침과 함께 온갖 무기들이 그들의 목을 노리고 쇄도했다.

하지만 세 사람은 한 발짝도 움직이지 않았다.

적들이 움직이는 것과 동시에, 대신전의 높은 건물 곳곳에서 무언가가 반짝이는 것을 포착한 것이다.

퍽!

어디선가 날아온 화살이 체르니온 교 병사의 머리를 정확히 꿰뚫었다.

"······!"

털썩.

병사는 별 저항도 하지 못하고 그대로 쓰러졌다.

황급히 주위를 둘러보기 시작한 교단의 병사들은 이내 대신전의 높은 건물 지붕에 몸을 숨긴 엘프들을 발견했다.

퍼뜩 정신을 차린 적이 목청껏 외쳤다.

"저놈들부터……! 커헉!"

하지만 그 말은 끝까지 이어지지 못했다.

또다시 날아든 화살이 그의 심장에 푹, 박혔다.

달빛을 받은 화살촉이 섬뜩하게 번뜩인 다음 순간, 숱한 화살이 쏟아지기 시작했다.

"막, 막아라!"

"피해!"

당황한 병사들이 외쳤다.

하지만 머리 위로 빗발치는 화살을 쉽게 피할 수 있을 리 없었다.

엘프들의 화살은 빗나가는 법 없이 적의 심장이며 머리를 단번에 꿰뚫어 놓았다.

순식간에 아수라장이 된 포위망을 손쉽게 뚫으며 세 사람은 그 자리를 벗어났다.

화살 비가 가까스로 멈추고 살아남은 이들이 겨우 고개를 들었을 때는, 근처에 몸을 숨기고 있던 엘프 전사들이 투입된 뒤였다.

"젠장, 빌어먹을 엘프 새끼들 같으니!"

결국 적의 입에서 원한 가득한 고함이 터져 나오고 말았다.

설마 대신전 안에 매복이 도사리고 있을 거라곤 상상도 못 했을 테니 당연한 반응이었다.

체르니온 교단이야 원수의 제단을 짓밟을 절호의 기회라며 신나게 쳐들어왔겠지만, 설마 루체 신을 따르는 이들이 성전을 함정으로 삼을 거라고는 미처 예상치 못한 것이다.

솔직히 그 심정은 기사단도 다르지 않았다.

정원을 장식하던 신상 몇 개는 박살이 난 채로 시체들과 함께 바닥을 뒹굴고 있었다.

그 꼴을 보자니 슬슬 죄악감이 느껴졌다.

"그나저나 대신전에서 진짜 이래도 괜찮은 겁니까? 대신전을 함정처럼 쓰는 게 아니라, 처음부터 이놈들이 여기에 쳐들어오지 못하도록 막아서야 했던 거 아니에요?"

아서가 꺼림칙하게 물었다.

한참 동안 침묵하던 리히트가 답했다.

"……루체 님께서도 이해해 주시겠지. 악신교를 처단하는 일이니까."

"선배들 바보예요? 대신전 근처에 싸울 만한 곳이 어디에 있다고 그래요? 근처엔 민가랑 번화가뿐인데."

"나도 알아! 그냥 기분이 그렇다는 거잖아, 이 자식아!"

아서는 아렌트의 말에 짜증스레 대꾸하며 덤벼드는 적을 베어 넘겼다.

"그리고 이해고 나발이고, 불만 있으면 직접 강림해서 이 개자식들 청소하라 그래요."

신경질을 담아 쏘아붙이는 아렌트의 주변에 강한 한기

가 맴돌았다.

그의 검면에 새하얀 서리가 앉았다.

적들은 동료들이 엘프들의 화살에 죽어 가든 말든 꾸역꾸역 쉴 새 없이 밀려들고 있었다.

"저놈이다!"

"무슨 일이 있어도 놓치지 마라!"

그들이 거리를 좁히길 기다리던 아렌트는 지면을 박차고 적들 틈에 파고들었다.

순백의 서리가 별 조각처럼 밤하늘에 흩어졌다.

갑작스러운 냉기에 적들의 몸이 뻣뻣하게 얼어붙었다.

"……!"

뒤처리는 늘 그렇듯 리히트와 아서의 몫이었다.

리히트와 아서는 검을 한 번 휘두르는 것으로 얼어붙은 적들을 한꺼번에 산산조각 냈다.

쨍그랑!

유리가 깨지는 소리와 함께 체르니온 교의 병사들이 조각나 바닥에 허물어졌다.

아렌트는 삐딱하게 덧붙였다.

"바퀴벌레 같은 놈들 때문에 개고생하는 게 누군데. 그 대애단하시다는 분께서 직접 박멸했으면 이런 일도 없었을 거잖아요."

"알았으니 조용히 해라. 누가 들을까 봐 무섭다."

리히트가 관자놀이를 꾹꾹 누르며 대꾸했다.

손으로 체르니온 교단의 병사들을 처리하며 입으로는 루체 신을 욕하는 꼴이 웃기지도 않았다.

 잠깐 틈이 생긴 사이, 리히트는 고개를 들어 루체 신의 신상을 확인했다.

 이렇게 아수라장이 벌어지는 와중에도 대신전의 상징인 거대한 신상은 그저 자애롭게 미소 지으며 사투를 벌이는 종들을 가만히 지켜보기만 할 뿐이었다.

 신상이 무사하다는 데 안도하기도 잠시, 갑자기 느껴지는 낯선 기척에 리히트는 멈칫하고 고개를 돌렸다.

 "……!"

 아렌트와 아서 역시 검을 틀어쥐고 뒤로 몇 걸음 물러섰다.

 방금 한꺼번에 처리한 병사들 위로 검은 연기 같은 마력이 뭉클 솟아올랐다.

 하지만 그들은 곧 검은 연기가 그저 평범한 마력이 아니라는 것을 알아차렸다.

 그것은 어둠 그 자체로, 싸늘한 냉기를 품고서 조용히 숨어드는 심연 그 자체를 닮은 기운이었다.

 따스한 기운을 품고 새하얀 빛을 발하는 루체 신의 신성력과는 정반대였다.

 "체르니온의 신성력이에요."

 아렌트가 짧게 내뱉었다.

 어둠의 신성력이 서서히 걷히며 새로운 적들이 빛의 신

전에 발을 들였다.

방금까지 상대하던 병사와 구울들과는 확연히 다른 기세가 느껴졌다.

세 사람은 자연스레 몸을 긴장시켰다.

대신전에서의 전투가 새로운 국면을 맞이하는 순간이었다.

3장. 반갑다, 영웅

반갑다, 영웅

아렌트는 어둠의 신성력을 가만히 응시했다.

한 무리의 적이 어둠 속에서 성큼성큼 걸어 나왔다.

'누구지?'

그는 가장 선두에 선 사람의 얼굴을 확인했다.

구릿빛 피부에 단단한 몸을 가진 얼굴에 제법 큰 흉터가 남아 있었다.

지금껏 단 한 번도 마주친 적 없는 자였다.

아렌트는 얼마 지나지 않아 그 역시 자신을 살피고 있다는 사실을 깨달았다.

"그대가 아렌트 폰 에크하르트 경인가."

아니나다를까, 남자가 먼저 그에게 말을 걸어왔다.

아렌트는 삐딱하게 고개를 꺾으며 되물었다.

"상대방의 이름을 물을 때는 자기소개 먼저 하는 게 예의 아닌가?"

"……실례했군. '부서진 심장의 검'을 보필하는 신관, 아인이다."

빈정거리는 말에도 사내, 아인은 침착하게 대답했다.

아렌트가 툭 내뱉었다.

"한 마디만 해도 되나?"

"뭐지?"

"부서진 심장의 검이니 뭐니 하는 환장할 이름은 도대체 누가 붙인 거야?"

뜬금없는 말에 무표정하던 아인의 얼굴이 한순간 멍해졌다.

아렌트는 거기에서 그치지 않고 한마디 더 얹었다.

"누구 취향이야? 아니, 딱히 시비 걸려는 건 아니고. 그냥 궁금해서."

"……"

긴장감을 순식간에 박살 내는 말이었다.

아서와 리히트 역시 잠시 검을 늘어뜨리고 이마를 짚고 고개를 내저었다.

딱 한 마디로 초면인 적의 속을 뒤집는 것도 놈의 엄청난 재주 중 하나였다.

아인의 뒤에 있던 신관이 이를 북 갈아붙이며 앞으로 성큼 나섰다.

"저놈이……!"

"아니, 시비 걸 생각은 없다니까. 왜 발끈하고 그래? 멋지고 좋은데 왜."

"……."

아렌트의 천연덕스러운 대꾸에 잠깐 침묵하던 아인이 애써 차분하게 입을 열었다.

"제정신 아닌 놈이라더니, 그 말이 사실이었군."

"누가 그래? 난 지극히 정상인데."

아렌트는 보란 듯이 어깨를 으쓱했다.

"뻔히 뒈질 거 알면서 신앙심이니 뭐니 하고 불나방처럼 뛰어드는 놈들보다야 훨씬 제정신이지. 난 적어도 목숨 귀한 줄은 알거든."

결국 노기를 숨기지 못한 아인이 사납게 으르렁거렸다.

"때로는 목숨보다 중요한 게 있는 법이다. 그대처럼 상스러운 자가 알 리 없겠지만."

"우리 단장님도 안 하시는 고리타분한 소리를 지껄이네."

"네가 하도 욕해 대니 이제 말씀 안 하시는 거지, 딱히 생각이 바뀌신 건 아닐 거다."

리히트가 조용히 첨언했다.

자신이 덧붙이는 한마디가 적들을 더욱 어이없게 만든다는 걸 미처 자각하지 못한 듯했다.

적들이 아연실색하는 것을 알아차린 아서가 리히트의

옆구리를 콕콕 찔렀다.

하지만 리히트를 말리기 위한 그 작은 행동조차 적들에게는 어처구니없게 보일 뿐이었다.

"쯧."

혀를 찬 아인은 검을 뽑았다.

더 이상 대화가 무의미하다는 사실을 깨달은 것이다.

스릉.

그와 동시에 강한 마력이 주변을 강하게 휩쓸었다.

아렌트는 인상을 살짝 찌푸리며 눈동자만을 움직여 주변을 보았다.

눈 깜짝할 새 펼쳐진 결계 장막이 주변을 감쌌다.

주변이 고요해졌다.

검과 검이 부딪치는 소리나 누군가가 죽어 가는 바깥과 격리된 공간에는 세 사람과 아인이 이끄는 신관 무리만이 남아 있었다.

바깥에서 세 사람을 구하러 올 수 없게 공간을 차단해 버린 것이다.

아인이 세 사람을 노려보며 얼굴을 일그러뜨렸다.

"절대로 살려서 내보내지 않겠다."

"검투장인가? 잘됐네."

반대로 아렌트의 입가에는 미소가 번졌다.

"안 그래도 심사가 뒤틀리던 참이었거든. 너네 다 이 자리에서 뒈질 줄 알아."

아렌트의 검이 다시 새하얗게 얼어붙었다.
아서 역시 전투를 준비하며 욕을 중얼거렸다.
"저 새끼는 왜 중간이 없어요?"
"내가 알 게 뭐냐."
리히트의 짜증 난다는 목소리 위로 아인이 크게 외쳤다.
"더러운 빛의 종자들을 죽이고 성물을 회수해라!"
"예!"
마치 그 명령만을 기다렸다는 듯, 아인의 부하들이 한꺼번에 세 사람을 향해 달려들었다.
아인 역시 검을 치켜들고 지면을 박찼다.
그의 검이 아렌트를 똑바로 노리고 날아들었다.
아렌트 역시 걸어오는 싸움을 피하지 않았다.
아인이 크게 내지른 검이 아렌트의 뺨을 아슬아슬하게 스쳐 지나갔다.
아인의 눈썹이 꿈틀 움직였다.
고개를 살짝 비트는 것으로 공격을 간단히 피한 아렌트는 몸을 빙글 돌려 텅 빈 아인의 옆구리를 향해 검을 내질렀다.
아인은 가까스로 검로를 틀어 공격을 막아 냈다.
카아앙!
검과 검이 부딪치는 찰나의 순간, 강한 냉기가 훅 끼쳐 왔다.

"……!"

아인은 급하게 뒤로 거리를 벌렸다.

검을 아래로 늘어뜨린 견습 기사는 차갑게 가라앉은 눈으로 그를 가만히 주시하고 있었다.

사방에서 그를 죽이기 위해 달려드는 아인의 부하들과 아서, 리히트가 사투를 벌이고 있었지만, 아렌트는 그쪽으로는 시선도 주지 않았다.

자연히 아인 역시 그에게 집중할 수밖에 없었다.

'무슨 어린놈이…….'

사활을 건 전장에서 저렇게 침착할 수 있을까.

백전을 거친 노련한 기사라고 해도 가지기 어려울 평정심이었다.

은빛 서리가 마치 그를 호위하듯 주변을 휘감나 싶더니, 아렌트가 유려한 움직임으로 땅을 박찼다.

다음 순간 그가 나타난 곳은 아인의 코앞이었다.

아인은 얼굴을 딱딱하게 굳히고 응대했다.

카앙!

두 사람의 검이 부딪치며 재차 거친 소리를 토해 냈다.

아렌트는 그가 밀어내는 힘에 굳이 저항하지 않고 거리를 벌리나 싶더니, 검을 고쳐 쥐고 강하게 찔러 들어왔다.

카아앙!

적절히 끼어든 아인의 검면과 아렌트의 검이 다시 정면

으로 부딪쳤다.
"……과연 대단하군."
"내가 좀 잘났지."
아인이 질린 목소리로 중얼거리자 아렌트가 뻔뻔하게 대답했다.
끽, 끼긱.
그 순간에도 힘겨루기는 계속되고 있었다.
문득 끼쳐 오는 한기에 아인은 검이 서서히 얼어붙고 있다는 사실을 깨달았다.
'서리 어린 손길을 운용하는 것도 능숙하군.'
분명 이자는 자신보다 약했다.
하지만 무시할 만한 상대는 결코 아니었다.
'로저 님의 혜안이 정확했다.'
로저는 니케포르가 지목한 다음 대 영웅, 라이오스만큼이나 이 애송이를 견제하는 모습을 보였다.
검을 몇 번 섞은 지금에서야 아인은 그 까닭을 알 수 있었다.
미리 처리해 두지 않으면 나중에는 영웅 이상으로 골치 아픈 존재가 될 게 분명했다.
생각을 정리한 아인은 자신의 신성력을 운용했다.
어둠이 검에 휘감기며 순식간에 침식해 오던 냉기를 흩어 버렸다.
"……!"

위기를 감지한 아렌트가 검을 쳐 내고 뒤로 물러섰다.

이번에는 아인이 그를 몰아붙일 차례였다.

아렌트가 미처 거리를 벌리기도 전, 아인은 거구에 어울리지 않는 속도로 바짝 거리를 좁혔다.

"젊은데, 아깝게 됐군."

음산한 목소리가 전장의 소음을 뚫고 아렌트에게 닿았다.

얼굴을 굳힌 아렌트가 가까스로 검을 치켜든 순간, 엄청난 일격이 가해졌다.

아인이 자신의 검을 크게 내려친 것이다.

콰아앙!

공격을 받아 내자 전신이 뻐근해질 정도의 충격이 느껴졌다.

하지만 숨 돌릴 틈도 없이 아인의 다음 공격이 이어졌다.

"칫……!"

언짢게 혀를 찬 아렌트는 뒤로 거리를 벌리며 응수했다.

몇 번의 합을 주고받으며 아인은 사정없이 아렌트를 몰아붙였다.

아렌트는 그의 공격을 받아넘기면서도 점차 뒤로 밀려날 수밖에 없었다.

미처 서리 어린 손길의 힘을 끌어올릴 틈도 없이, 아인은 매서운 기세로 몰아쳤다.

"운이 없었다고 생각해라."

아인은 한 치의 흔들림도 없는 음성으로 툭 내뱉었다.

"그저 시대를 잘못 타고났을 뿐이니까."

그리고 마침내.

챙강!

아인의 일격을 버텨 내지 못한 아렌트가 그만 검을 놓치고 말았다.

뒤로 날아간 검이 푹, 지면에 꽂혔다.

무기를 잃은 아렌트가 멈칫했다.

당황한 그의 시선이 한순간 아인에게서 떨어져 놓쳐 버린 검에 가닿았다.

"……!"

아인은 그 틈을 놓치지 않고 지면을 박찼다.

견습 기사의 목을 거두기까지는 고작 수 초밖에 남지 않은 상황이었다.

그 순간.

황금색 눈동자가 소리 없이 굴러 다시 아인에게 닿았다.

견습 기사의 입가에 비릿한 미소가 걸린 것도 그 순간이었다.

"멍청한 놈."

비웃음을 터뜨린 아렌트가 한순간에 시야에서 사라졌다.

그리고 마치 갑자기 땅에서 불쑥 솟은 것처럼 리히트가 그 자리를 대신 채웠다.

아인의 눈이 커졌다.

하지만 때는 이미 늦은 뒤였다.

그가 힘껏 내지른 검이 리히트의 일격에 튕겨 나갔다.

"……!"

채애앵!

검을 쳐 내는 리히트의 힘에서 지금껏 상대하던 아렌트와는 다른 묵직함이 느껴졌다.

아인은 저도 모르게 한 걸음 뒤로 물러서고 말았다.

"이게 무슨……."

그때, 뒤에서 섬뜩한 냉기가 느껴졌다.

리히트가 시선을 끄는 사이 검을 회수한 아렌트였다.

"너네 신이 싸울 때는 한눈팔면 안 된다는 것도 안 가르쳐 주던?"

상황과 어울리지 않는 유쾌한 음성이 들렸다.

반사적으로 고개를 돌린 아인은 섬뜩한 냉기를 품은 황금색 눈동자와 눈이 마주쳤다.

정면에서는 리히트가 이미 지척까지 접근한 상황이었다.

아인은 그제야 자신이 속임수에 걸려들었다는 사실을 깨달았다.

두 선배가 부하들을 어느 정도 정리할 때까지 자신이

시선을 끌고, 마지막에는 이런 식으로 포위해 덮칠 생각이었던 것이다.

"젠장!"

아인은 리히트의 검을 자신의 팔로 가로막은 뒤 아렌트 쪽으로 검을 비틀었다.

푸욱!

차가운 검날이 팔을 감싼 갑주를 뚫고 살을 파고들었다.

붉은 피가 후두둑, 쏟아지며 바닥을 물들였다.

동시에 서리 어린 손길의 힘이 깃든 검날이 그의 검과 맞부딪쳤다.

카아앙!

쇳소리가 고막을 찢을듯이 공기를 뒤흔들었다.

"이야……."

아렌트가 무심한 탄성을 터뜨렸다.

"독한 새끼. 이걸 막네?"

반반한 낯짝에는 아까 검을 놓쳐 당황하던 기색은 온데간데없었다.

마치 그 짧은 사이 가면을 갈아 끼운 것처럼.

"……."

리히트의 검이 박힌 팔은 반쯤 잘려 나간 상태였다.

깊은 상처에서 솟구친 피가 뚝뚝 떨어져 작은 웅덩이를 만들어 냈다.

하지만 아인은 신음 소리 한 번 내지 않았다.

"그건 이쪽이 할 말이다."

아무리 등 뒤에 동료가 있고, 적을 함정에 빠뜨리기 위해였다지만 한참 싸우는 와중에 검을 놔 버린다니, 제정신이 아니었다.

어떤 신호를 주고받는 기색도 없이 아렌트와 합을 맞춰 낸 리히트도 마찬가지였다.

부하들을 상대하면서도 그는 아렌트의 움직임과 호흡 하나하나를 놓치지 않고 살폈던 것이다.

아인은 이를 악물고는 신성력을 폭발시켰다.

검은 어둠이 뭉클 피어나며 발 아래를 휩쓸었다.

아렌트와 리히트는 검을 거두며 급히 뒤로 물러났다.

"후우……."

깊이 한숨을 내쉰 아인이 다시 고개를 들었다.

그 모습에서 아렌트는 약간의 위화감을 느꼈다.

'고통이 안 느껴지는 건가?'

아니, 그건 아닌 것 같았다.

찰나지만 리히트의 검을 받아 내는 순간 얼굴이 일그러지는 것을 봤으니까.

하지만 신성력을 운용한 지금, 아인은 제 상처에 크게 아랑곳하지 않는 것처럼 보였다.

차마 분노와 살기를 숨기지 못한 아인의 두 눈동자는 그저 아렌트만을 가만히 노려볼 뿐이었다.

시선에서 사냥감을 노리는 짐승 같은 진득한 집착이 느껴졌다.

'아.'

그제야 아렌트는 체르니온의 신성력에 대해 떠올렸다.

루체 신은 신체를 치료하고 활력을 돌게 만들고, 체르니온 신은 정신에 간섭한다.

전투 시 쓸데없는 두려움이나 주저함을 마비시키고 오로지 투쟁심과 목표를 향한 집념, 그리고 신앙과 분노만을 남기는 것이다.

즉, 아인은 신성력으로 통증이 불러일으키는 쓸데없는 잡념을 완전히 없애 버린 것이다.

"……재미있네."

아렌트의 입가에 비릿한 미소가 걸렸다.

전투가 이어질수록 두 사람은 아렌트의 눈이 점점 돌고 있다는 걸 깨달았다.

아렌트는 옆에서 방해하는 적들은 안중에도 두지 않고 아인에게 완전히 집중하고 있었다.

덕분에 리히트와 아서 역시 더욱 바빠질 수밖에 없었다.

끈덕지게 아렌트를 노리는 적들을 완벽히 배제해야 했으니까.

"저 새끼는 또 왜 저래요?"

"내가 어떻게 아나!"

결국 아서가 짜증을 쏟아 내자 리히트 역시 신경질적으로 대답했다.

눈이 돌아갔다.

평범하게 생각하자면 흥분해서 이성을 잃어버렸다는 뜻이겠지만, 아렌트의 경우는 정반대였다.

놈은 무시무시하게 차분했다.

급소 아슬아슬한 곳에 검이 스쳐도 아렌트는 한 치의 흔들림 없이 아인에게만 집중했다.

마치 아인의 움직임 하나하나를 모조리 머릿속에 넣으려는 것처럼.

'하여튼 정신 나간 새끼.'

아서는 속으로 욕을 짓씹었다.

왜 저러냐고 묻긴 했지만 사실은 두 사람 다 알고 있었다.

아렌트는 지금 아인을 표본 삼아 체르니온 교 전투 신관의 신성력을 관찰하는 중이었다.

평소보다도 변칙적인 그의 움직임은 아인의 다양한 반응을 끌어내고 있었다.

그 과정에서 아렌트에게도 크고 작은 상처가 늘고 있었지만, 그는 그조차도 안중에 없었다.

아인 역시 상황이 정상적이지 않다는 것을 깨달아 가고 있었다.

"……지금 뭐 하자는 건가?"

점점 굳어 가던 아인의 얼굴이 결국 일그러졌다.

아렌트는 대답하는 대신 몸을 강하게 틀어 아인의 상체를 향해 검을 휘둘렀다.

카아앙!

두 사람의 검이 맞부딪치며 은빛 서리가 흩날렸다.

그제야 아렌트가 입을 열었다.

"뭐 하는 거긴, 싸움박질이지."

입술 사이에서 흰 입김이 흘러나왔다.

비웃음 서린 목소리에서는 조롱할 의도가 다분했다.

사뿐히 바닥에 착지한 아렌트는 다시 그에게 쇄도했다.

콰아앙!

아인과 아렌트의 검이 다시금 충돌했다.

거리가 좁혀지자 아까보다 한층 더 짙은 냉기가 느껴졌다.

"야, 그 망할 신성력 좀 더 써 봐. 아니면 표정 관리를 더 잘하던가. 자꾸 그런 식이면 내가 나쁜 놈 같잖아."

지척까지 다가온 아렌트의 입가에 미소가 맺혔다.

"이상하네. 로저라는 놈은 훨씬 더 강해 보였는데. 이래서 도움이나 되겠어? 남의 발목이나 잡지 않으면 다행이지."

아인의 힘이 버거워 팔을 덜덜 떨면서도 아렌트의 표정은 여전히 흐트러지지 않았다.

"그냥 여기에서 죽는 편이 더 도움 되는 거 아냐?"

"……!"

순간 아인의 발아래에서 깊은 어둠이 뭉클 피어났다.

아렌트는 재빨리 그를 쳐 내고 뒤로 물러섰다.

그러자 이번에는 아서가 두 사람 사이에 기민하게 끼어들었다.

"같은 수는 통하지 않는다!"

포효하는 것처럼 외친 아인이 아서를 향해 크게 검을 내리치며 신성력을 운용했다.

아렌트가 뒤에서 접근하지 못하게 하기 위함이었다.

카아앙!

아인의 검이 아서의 검과 크게 충돌했다.

그리고 다음 순간, 아서의 뒤에서 새하얗게 얼어붙은 검이 불쑥 튀어나왔다.

"……!"

아인이 그것을 알아차렸을 때는 이미 아렌트의 검이 옆구리를 크게 찌른 뒤였다.

푸욱.

살을 파고드는 섬뜩한 냉기에 아인의 얼굴이 참혹하게 일그러졌다.

"큭……!"

저도 모르게 터져 나오려던 신음을 삼킨 아인은 독기 품은 눈으로 아렌트를 노려보았다.

아렌트가 빠르게 검을 거두자 아서 역시 거리를 벌리고

물러섰다.

아인이 이를 악물었다.

부상을 입은 자리에서부터 서서히 냉기가 퍼지며 몸이 얼어붙고 있었다.

신성력으로도 쉽사리 저항할 수 없었다.

"구울보다는 튼튼한 모양이네. 안 그랬으면 찔린 순간 동사했을 텐데. 진의 그 허접쓰레기보다 조금 더 낫다는 점에서는 칭찬해 주지."

"이놈이……!"

곁에서 틈을 노리던 신관이 이를 악물고 아렌트를 향해 지면을 박찼다.

아렌트는 그쪽을 돌아보지도 않고 간단히 검을 휘둘렀다.

서걱.

싱겁게 베인 신관이 순식간에 얼음덩어리가 되어 바닥에 쓰러졌다.

쿵.

얼음덩어리가 된 신체가 지면과 충돌하며 육중한 소리를 냈다.

목숨을 잃은 부하를 한번 일별한 아인이 질린 눈으로 아렌트를 보았다.

"묘하게 차분하다 생각했더니…… 그냥 미친 새끼였군."

"실례라니까. 나는 지극히 정상이라고."

무심한 대답이 돌아왔다.

마치 유리알 같은 아렌트의 황금색 눈동자에서는 아무것도 읽을 수 없었다.

견습 기사를 마주 보던 아인의 입가에서 헛웃음이 터져 나왔다.

"네가 제정신이라고? 그럴 리가."

아인이 아렌트를 노려보았다.

아까부터 느껴지던 위화감의 정체를 슬슬 알 것 같았다.

격렬하게 검을 섞으면서도 아렌트는 마치 현실에서 한 발짝 물러선 것 같았다.

마치 팔짱이라도 끼고 멀찍이서 남을 구경하는 사람처럼.

그러면서도 움직임은 거침없고 때로는 위험천만한 짓까지 감수하기도 했다.

'얕보고 있군.'

검을 쥔 아인의 손에 힘이 들어갔다.

목숨을 걸고 싸우는 사람으로서는 속이 박박 긁히는 태도였다.

"목이 떨어지는 순간에도 여유로울 수 있는지 보자."

"할 수 있으면 해 봐."

아무리 들어도 익숙해지지 않는 느긋한 목소리가 돌아왔다.

으득.

이를 악문 아인이 외쳤다.
"죽음으로 참회해라!"
아인의 발이 강하게 지면을 박찼다.
신성력을 검기처럼 두른 검날이 아렌트를 향해 똑바로 쇄도했다.
아무런 감정도 내비치지 않는 황금색 눈동자가 여전히 자신을 조롱하는 것 같았다.
더욱 마음이 조급해졌다.
그때, 서늘한 음성이 귓가에 파고들었다.
"아무래도 판단력이 떨어지는 부작용이 있는 모양인데."
아렌트는 몸을 살짝 비트는 것으로 검을 피했다.
아슬아슬하게 스쳐 지나간 검이 뺨에 한 줄기 상처를 남겼지만 단지 그뿐이었다.
"아니면 그냥 멍청한 건가?"
졸지에 허공을 크게 가르게 된 아인은 순간 균형을 잃어버리고 말았다.
경악한 아인의 눈동자가 아렌트의 움직임을 좇았다.
마치 산책하는 것처럼 가볍게 한 걸음을 내디딘 아렌트가 몸을 돌려 아인의 텅 빈 등 뒤를 차지했다.
견습 기사의 낯에 비릿한 미소가 번졌다.
"웃어, 새끼야."
등줄기가 축축하게 젖어 들었다.

목전까지 다가온 죽음의 감각이 아인을 지배했다.

보기 좋은 곡선을 머금은 입가가 조롱을 내뱉었다.

"네가 바라 마지않던 명예로운 순교잖아."

새하얗게 얼어붙은 검날이 목을 향해 똑바로 떨어졌다.

피할 수 없다.

막아 내는 것도 불가능했다.

이 세상의 것 같지 않은 냉기가 그의 발목을 얽어맸다.

하지만 다음 순간.

아렌트의 검이 급하게 검로를 틀었다.

콰아앙!

거친 폭발음이 공기를 뒤흔들었다.

"……!"

아인은 한 박자 늦게 자신이 가까스로 죽음을 면했다는 사실을 깨달았다.

다리에 힘이 풀리며 아인은 그 자리에 주저앉아 버렸다.

방금까지 싸늘한 냉기만이 있던 자리에 새빨간 불꽃이 넘실거렸다.

화염에 휩싸인 장검이 아렌트의 검과 팽팽하게 대치하고 있었다.

"……."

지금껏 무표정을 유지하던 아렌트의 눈썹이 구겨졌다.

끽, 끼긱.

아렌트의 검 끝이 힘을 온전히 버텨 내지 못하고 떨리기 시작했다.

새하얗게 얼어붙었던 검면 역시 넘실대는 불꽃에 서서히 녹아내리고 있었다.

절대적인 마력 양에서 밀린다는 증거였다.

불길에 휩싸인 검 너머의 검은 가면에서 로저의 덤덤한 목소리가 흘러나왔다.

"아인."

"……."

아인은 미처 대답하지 못했다.

하지만 답을 기대했던 것은 아니었는지, 로저가 덤덤하게 덧붙였다.

"성물을 회수하라고 했지, 목숨을 버리라는 명령은 내린 적 없다."

한참 만에 아인이 더듬더듬 대답했다.

"……송구합니다."

펼쳤던 장막의 하늘에는 어느새 큰 구멍이 나 있었다.

로저가 끼어들며 결계가 깨져 버린 것이다.

잠시 후.

쨍그랑! 날카로운 소리를 내며 결계가 산산조각 났다.

쏟아지는 결계 파편들 사이로 로저는 아렌트를 가만히 노려보았다.

"아인, 물러나라. 이번 실수는 나중에 책임을 묻겠다."

"……예."

한쪽 무릎을 꿇은 아인은 아까 나타났을 때와 마찬가지로 홀연히 모습을 감춰 버렸다.

살아남은 몇 안 되는 신관들은 고개를 푹 숙인 채 로저의 다음 명령을 기다렸다.

그러나 로저는 가면 너머의 새카만 눈동자로 아렌트를 가만히 응시할 뿐이었다.

"또 만나는군."

극한의 저온과 화염이 부딪치며 새하얀 안개를 만들어 냈다.

끽. 끼긱.

한참의 대치에 검이 비명을 지르기 시작했다.

결국 힘에서 밀린 아렌트가 뒤로 한 걸음 물러섰다.

"왜, 반갑냐?"

창백해진 얼굴로 아렌트가 히죽 웃었다.

"그렇군. 하지만……."

가면 너머에서 무덤덤한 대꾸가 돌아왔다.

"너는 나중이다."

그 한마디를 끝으로, 로저는 아렌트를 강하게 쳐 냈다.

"……!"

미처 대비할 틈도 없이 나가떨어질 뻔한 아렌트를, 아서가 급하게 받아 주었다.

"저, 씨……!"

콰아앙!

두 기사가 바닥을 구르는 틈에 로저는 지면을 박찼다.

눈 깜짝할 새 그의 신형이 사라졌다.

벌떡 몸을 일으킨 아렌트는 짜증스럽게 혀를 찼다.

"하여튼 변태 가면 새끼들은 단체로 재수 없어지는 약이라도 처먹었나."

"이 씨…… 네가 할 소리냐? 고맙단 소리는 어디다 팔아먹었어?"

이번에도 졸지에 방석 꼴이 된 아서가 으르렁거렸지만 당연히 무시당했다.

리히트가 짧게 말했다.

"우리도 가지."

아인을 처리하지 못한 건 아쉽지만, 그래도 순리대로 흘러가고 있었다.

자리를 털고 일어난 아서는 로저가 사라진 쪽을 보며 질린 목소리를 냈다.

"진짜 괴물이잖아."

눈으로 좇기도 힘든 속도로, 로저는 빠르게 대신전 안으로 파고들었다.

사방에서 쏟아지는 엘프들의 화살조차도 그에게 닿지 못했다.

"저놈이……!"

기사 몇몇이 막아서려 했지만 그조차도 싱겁게 뚫려 버

렸다.

 미처 함부로 앞을 가로막을 엄두조차 느껴지지 않는 기세였다.

 그의 발이 닿는 곳마다 붉은 화염이 피어올랐다.

 정원의 정돈된 나무와 식물에 옮겨붙은 불길이 점점 번져 가고 있었다.

 엄청난 위용이었지만 아렌트는 아무 감흥도 없는 것 같았다.

 "다들 말 하나는 참 잘 듣는다니까."

 "안 들으면 네가 또 무슨 욕을 할지 모르니까."

 아서 역시 별 긴장감 없이 쏘아붙였다.

 어설프게 잠깐 대항하는 척했다가 잽싸게 물러서는 동료들을 보며, 리히트가 떨떠름하게 말했다.

 "누가 한 말대로…… 어설프게 막아서려다간 목을 내놔야 한다는 걸 저자를 본 순간 깨달은 거겠지."

 "장족의 발전이네요. 적당히 상대하다가 튀는 요령도 알게 되고."

 견습 기사의 시큰둥한 말에 리히트가 마뜩잖게 대꾸했다.

 "기사로서는 상당히 유감스러운 일이다만."

 그리고 튀라는 말이 진짜 도망치라는 뜻이 아니라는 걸, 이제는 다들 잘 알고 있었다.

 '말하자면 작전상 후퇴인가.'

거물에게는 그만큼 급이 맞는 상대가 필요했다.

그리고 3기사단에는 그에 걸맞은 괴물이 존재했다.

로저가 어디로 향할지는 이미 알고 있었다.

지금껏 단 한 번도 개방되지 않은 대신전의 지하 보관실, 성검이 잠든 곳이었다.

그 앞은 라이오스 드 윈프리드가 지키고 있었다.

'성검의 푸른 기사' 속 두 괴물이 새로 꾸며진 무대 위에서 최초로 검을 맞부딪치는 순간이었다.

아렌트는 보이지 않는 곳에서 주먹을 몇 번 쥐었다 펴길 반복했다.

로저가 성검에 닿기 전까지 어떻게든 그를 저지해야 했다.

애드리브를 즐기며 여유 부릴 수 있는 것은 지금까지가 끝이었다.

"가죠."

아렌트가 짧게 두 사람을 재촉했다.

* * *

숲은 완전히 어둠에 잠겨 있었다.

다이아나의 뒤를 따라 달려가자니 이곳저곳에서 벌어진 참상이 어둠 속에서 예고 없이 불쑥 튀어나왔다.

어디로 시선을 옮겨도 머리와 심장에 활이 꽂힌 채 절

명한 적들과 엘프 전사들에게 도륙 난 구울의 시신이 보였다.

새삼 시신 때문에 기분이 역해질 정도로 나약한 르웰린이 아니었지만, 그래도 심란해지는 건 어쩔 수 없었다.

그는 고즈넉한 이 숲을 꽤 좋아했으니까.

"보입니다!"

앞서가던 다이아나가 외쳤다.

앞에서 교전을 벌이는 한 무리가 보였다.

제법 많은 적들에게 셰키나와 엘프 전사들 몇몇이 포위된 상태였다.

르웰린이 외쳤다.

"먼저 가!"

"알겠습니다!"

지금껏 르웰린과 보조를 맞추던 다이아나가 자리를 박차고 튀어 나갔다.

다이아나의 접근을 알아차린 적들이 뒤를 돌아본 순간, 기사단장의 검이 번뜩였다.

엘프 전사들을 압박하던 적들이 순식간에 도륙 나 바닥에 허물어졌다.

그 틈을 놓치지 않고 엘프 전사들이 남은 적들을 순식간에 몰아붙였다.

간신히 상황이 정리된 뒤, 다이아나가 검에 묻은 살점을 털어 내며 셰키나를 보았다.

"무사하십니까?"
"네, 문제없습니다. 감사합니다."
셰키나가 한숨 돌리며 고개를 끄덕였다.
"바깥 상황은 어떻습니까?"
"헬렌에게 맡기고 왔습니다."
"그렇다면 걱정 없겠군요."
다이아나의 대답에 셰키나가 고개를 끄덕였다.
"잠깐 발목 잡힌 사이에 모조 정령석을 지닌 두 녀석을 놓쳤습니다. 무슨 짓을 꾸미는지는 모르겠지만, 최대한 빠르게 저지해야 합니다."
"일단 계속 추격하죠."
르웰린의 말에 다이아나와 셰키나가 고개를 끄덕였다.
그들은 다시 적들의 뒤를 쫓기 시작했다.
앞서 나간 전사들에게 처리당한 적들의 시신이 슬슬 뜸해질 때쯤, 셰키나의 예민한 청각이 적의 기척을 잡아냈다.
"놈들이 길을 벗어나 숲으로 갔습니다. 제가 안내하겠습니다."
셰키나가 선두로 치고 나갔다.
잘 닦인 길을 벗어나 거친 숲으로 들어갔지만 그들의 속도는 전혀 줄어들지 않았다.
르웰린 역시 그들을 놓치지 않기 위해 필사적으로 따라붙었다.

얼마나 달렸을까, 셰키나가 뒤따르던 이들에게 외쳤다.
"궁수들은 나무 위로! 적이 멀지 않은 곳에 있다!"
"예!"
전사들이 순식간에 모습을 감췄다.
셰키나 역시 마력을 운용하기 시작했다.
"파이어 스피어!"
그녀의 주위에 화염으로 만들어진 창들이 순식간에 피어났다.
엘프 특유의 기민한 감각으로 멀리 떨어진 적들을 찾아낸 모양이었다.
다이아나가 외쳤다.
"정면입니까?"
"그렇습니다!"
셰키나의 대답에 다이아나는 더 묻지도 않고 앞으로 치고 나갔다.
그 뒤를 따르듯 불의 창이 숲의 어둠을 찢고 발사됐다.
쐐애액!
바람을 가르는 소리를 내며 날아든 마법이 막 모조 정령석을 내려놓으려던 적의 등에 인정사정없이 박혔다.
"아아아아악!"
구울의 입에서 비명이 터져 나왔다.
그 순간, 한 박자 뒤에 도착한 다이아나의 검이 번뜩였다.
비명이 멈추고 입을 쩍 벌린 구울들의 목이 그대로 바

닥에 떨어지기가 무섭게, 마법에 당한 몸뚱이가 그대로 불에 타 잿더미가 되었다.

머리만 남은 놈들은 뭔가 말하고 싶은 기색이었지만, 다이아나는 인정사정없이 두개골을 부숴 버렸다.

퍽!

제복에 검게 죽은 피가 튀었다.

"……보면 볼수록 불쾌하군."

미처 르웰린의 앞에서는 입 밖에 내지 못한 혼잣말이 흘러나왔다.

죽은 것도 산 것도 아닌 이들은 명백히 자연과 신의 의지를 반한 존재였다.

'어쩌면 놈들은…….'

단지 죽지 않는 병사들을 만들어 내는 것만이 아니라, 루체 신의 모든 것을 반하는 존재들로 이 땅을 채우고 싶은 걸지도 몰랐다.

빛이 지배하는 세상에서 태어난 생명마저도 부정하고 싶은 것이다.

잡념도 잠시, 다이아나는 주변을 수색하기 시작했다.

곧이어 셰키나와 르웰린이 다다를 무렵, 그녀는 근처에 나뒹구는 모조 정령석 두 개를 회수할 수 있었다.

"찾았습니다."

다이아나는 두 개의 정령석을 검으로 툭툭 쳐서 한곳에 모았다.

불길한 붉은빛을 내는 정령석이 볼품없이 바닥을 굴렀다.

"파괴하나?"

"아니요, 함부로 파괴하지 말라는 명이 있었습니다. 함정 마법이 걸려 있을 수 있다고요. 이대로 회수하겠습니다."

르웰린의 물음에 다이아나가 품에서 손수건을 꺼냈다. 그것으로 모조 정령석을 감싸 회수할 요량이었다.

막 그녀가 몸을 숙이려는 순간, 아까부터 정령석을 주시하던 셰키나가 다이아나를 덥석 붙잡았다.

"잠깐만요."

"예?"

다이아나가 멈칫하며 돌아보자 셰키나가 급하게 외쳤다.

"두 분 다 최대한 멀리 떨어지세요!"

"……!"

위험을 감지한 다이아나가 르웰린의 뒷덜미를 붙잡고 뒤로 크게 도약했다.

두 사람의 발이 지면에서 떨어진 것과 동시에 정령석이 새빨간 빛을 내뿜기 시작했다.

"실드!"

셰키나가 펼친 마법 방어막 뒤로 두 사람이 몸을 숨겼다.

콰아아앙!

간발의 차로 엄청난 폭발이 주변을 휩쓸었다.

한참 뒤 진동이 잦아들고 다시 고개를 든 세 세 사람은 아연실색했다.

구울들의 시신은 흔적도 없이 사라지고, 정령석이 놓여 있던 자리에 거대한 구덩이가 패어 있었다.

방금 전까지만 해도 굳건히 서 있던 굵은 나무들은 부러져 엉망으로 지면을 뒹굴었고, 사방에 흩날린 흙이며 모래가 허공을 떠돌았다.

조금이라도 늦었다면 그들 역시 가루가 됐을 게 분명했다.

모골이 송연해진 르웰린이 저도 모르게 얼빠진 소리로 중얼거렸다.

"미친…… 파괴하면 발동하는 함정이 아니었어?"

"그사이 또 개량을 했나 봅니다."

다이아나가 침착하게 대답했다.

급하게 뒤를 돌아본 셰키나는 짧게 안도의 한숨을 내쉬었다.

부하들을 배치시켜 둔 곳까지는 폭발의 영향이 닿지 않은 듯했다.

하지만 마음을 놓기는 아직 일렀다.

또다시 요동치는 마력을 읽어 낸 셰키나가 퍼뜩 고개를 들었다.

"또 뭐지?"

득, 드드득.

그들이 딛고 선 바닥이 잘게 진동하기 시작했다.

커다란 구덩이 가장자리가 무너지며 후두둑 돌덩이가 굴러떨어졌다.

세 사람은 몸을 잔뜩 긴장시키며 주변을 살폈다.

그러다 갑자기 진동이 뚝 멎었다.

지옥 같은 정적이 몇 초 흐르고.

거대한 구덩이를 중심으로 새빨간 소환진이 피어났다.

"……!"

어둠에 잠긴 숲 한가운데에 아로새겨진 소환진 위로 붉은빛 입자가 빠르게 뭉쳤다.

붉은 입자들이 요동치며 점차 커다란 실루엣을 형성했다.

다이아나와 세키나는 얼굴을 굳히고 무기를 다잡았다.

르웰린 역시 품에서 마정석을 꺼내고 검을 고쳐 쥐었다.

잠시 후, 큰 덩어리가 된 붉은빛이 한꺼번에 흩어지며, 그 자리에 마치 어둠을 뭉쳐 만든 것 같은 거대한 뱀이 똬리를 틀고 있었다.

"……저건 또 뭐야."

르웰린이 힘 빠진 헛웃음을 터뜨리자 다이아나가 덤덤하게 대꾸했다.

"호문쿨루스입니다."

"내가 몰라서 물은 게 아니잖아, 지금."

왕자의 작은 불평을 무시하고, 다이아나는 뒤로 한 걸음 물러섰다.

붉은 눈동자를 번들거리는 뱀은 마치 태산처럼 보였다.

고개를 힘껏 들어야 겨우 놈이 빳빳이 세운 머리통을 올려다볼 수 있을 정도였고, 새빨간 빛을 띠는 한쪽 눈만 해도 보통 사람의 머리통보다 더 커 보였다.

"……이건 살아 있는 겁니까?"

셰키나가 멍하니 물었다.

호문쿨루스를 처음 대면하는 입장에서 자연히 가질 수밖에 없는 의문이었다.

하지만 다이아나와 르웰린 역시 거기에 답을 내주지는 못했다.

그들도 아직 결론을 내리지 못한 상태였으니까.

눈앞의 거대한 존재감에 잠시 압도당한 틈에, 문득 뒤에서 앳된 목소리가 들려왔다.

"어이쿠, 신호탄치고는 좀 과했나?"

분명 방금까지는 아무도 없던 자리였다.

소스라치게 놀라 돌아본 그들은 곧 아담한 체구의 소녀를 발견했다.

"옮기던 애들까지 그대로 날려 버렸네."

소녀가 고개를 갸웃하며 폭발 현장을 확인했다.

그녀의 움직임에 따라 엘프 특유의 아름다운 얼굴에 어둠 속에서도 반짝이는 금발이 살랑, 흔들렸다.

지클린이었다.

셰키나가 신음처럼 중얼거렸다.

"저자가…… 안개숲 종족의 배신자군요."

"배신자라니. 이왕이면 개척자라고 해 줄래?"

진이 짐짓 불만스럽다는 표정을 지으며 투덜거렸다.

저 거대한 뱀 호문쿨루스의 주인이 그녀라는 사실은 굳이 말해 주지 않아도 알 수 있었다.

직접 목도한 동족의 일탈에 얼굴을 일그러뜨리던 셰키나는 문득 진의 어깨 주변에 무언가 떠돌고 있다는 것을 알아차렸다.

그녀의 얼굴이 파리하게 질렸다.

그 변화를 알아차린 르웰린이 조심스럽게 그녀를 불렀다.

"셰키나 님?"

"……어째서지?"

하지만 셰키나는 르웰린에게 답을 내주는 대신 지클린을 향해 믿을 수 없다는 듯 물었다.

지클린이 의아하게 고개를 기울였다.

"뭐가?"

"어째서…….."

자신이 입 밖으로 꺼내면서도 믿기지 않는다는 듯, 셰키나는 말을 더듬었다.

"어째서 당신 곁에 정령이 있는 거죠?"

"아~ 이 애?"

지클린은 제 어깨를 떠도는 작은 존재를 손가락으로 가

리켰다.

"보이는 모양이네. 역시 나랑 동족이라 그런가?"

흥얼거리는 것 같은 앳된 목소리를 흘려들으며, 셰키나는 지클린 곁을 맴도는 정령에서 시선을 떼지 못했다.

엘프 숲에서 종종 발견되는 작은 새의 형태를 한 빛의 입자가 마치 지클린을 호위라도 하는 것처럼 날갯짓하고 있었다.

"리타라는 앤데, 아버지한테서 받은 정령석에서 태어났어. 아무래도 이런저런 실험을 하다 보니 일찍 자아가 깨어나는 바람에."

지클린이 가볍게 말을 이었다.

허공을 두고 대화하는 두 엘프를 의아하게 번갈아 보던 르웰린과 다이아나 역시 뒤늦게 상황을 깨달았다.

입술을 달싹이던 다이아나가 겨우 말문을 뗐다.

"……진짜 정령이란 말씀이십니까? 모조 정령석 따위가 아니라?"

"네, 그렇습니다. 심지어 저 애를 진심으로 따르는 것 같습니다."

셰키나가 애써 침착하게 대답했다.

아직 지클린에게서 회수하지 못했던 진짜 정령석.

거기에서 태어난 정령이 지클린을 주인으로 삼은 것이다.

지클린이 귀엽다는 듯 작은 새의 부리를 톡톡 두드렸다.

"말도 잘 듣고, 일도 잘해서 내가 키우기로 했어. 멋진

몸도 하나 선물해 줬지."

"……."

이건 상식 밖의 일이었다.

자연의 섭리를 따르는 엘프 종족이 이런 괴물들을 만들어 낸다는 것부터가 말도 안 되는데, 심지어는 막 태어난 어린 정령이 그녀를 수호한다니.

세키나는 이를 으득, 악물었다.

"당신은 꼭 이 자리에서 처단하겠습니다."

"흐흥, 할 수 있으면 해 보라지? 그쪽 애송이 견습 기사 말버릇이 이거였던가?"

아렌트의 말투를 따라 하며 지클린이 생글 웃었다.

"난 지금 오랜만에 외출해서 굉장히 기분이 좋거든. 아마 저 뱀도 그럴 테고, 리타도 그렇대. 로저도 허락했으니, 이 틈에 실컷 놀아야지."

"……."

맑디맑은 초록색 눈동자가 기분 좋은 곡선을 그렸다.

"그리고 왕자님, 당신은 내가 꼭 많이 귀여워해 줄 테니 그렇게 알라고. 감히 니케 님이 직접 만든 성물을 제멋대로 가지고 논 대가는 치러야 할 테니까."

"성물은 무슨, 웃기고 있네."

뻣뻣하게 굳으려는 입가를 간신히 휘며 르웰린이 툭 내뱉었다.

"어디 한번 해 볼 테면 해 봐. 그 빌어먹을 파충류 놈의 뼈는 여기에 있으니까."

* * *

바깥이 얼마나 소란스럽든, 대신전 내부는 그저 고요하기만 했다.

눈코 뜰 새 없이 바빴던 나머지 한동안 신전을 찾지 못한 라이오스였다.

그래서 그는 지금 그럴 때가 아니라는 것을 알면서도, 아주 오랜만에 루체 신의 신상 앞에서 긴 기도를 올렸다.

한참 동안 감고 있던 눈을 뜨자 자애롭게 그를 내려다보는 루체 신의 신상이 보였다.

"……."

라이오스는 잠시 신상을 가만히 올려다보았다.

예민한 기감에 대신전 바깥의 소란이 들려왔다.

그리고 어느새 다가온 자카르의 목소리가 그의 정신을 깨웠다.

"무슨 기도를 하셨습니까?"

"성전을 어지럽힌 것에 용서를 구하고, 적의 칼날이 부하들에게 닿지 않기를 기도했습니다."

라이오스가 덤덤히 대답했다.

"다들 알아서 잘하리라 생각합니다만, 그래도 저는 걱정이 많은지라."

"이해합니다."

자카르가 천천히 고개를 끄덕였다.

라이오스는 얼마간 루체 신의 신상을 물끄러미 올려다보다가 몸을 일으켰다.

"기다려 주셔서 감사합니다."

미련 없이 신상에게서 몸을 돌린 라이오스는 성큼성큼 기도실을 빠져나갔다.

자카르 역시 신상을 한번 보고는 라이오스의 뒤를 따랐다.

신상의 부드러운 미소가 두 사람의 등을 전장으로 떠밀었다.

* * *

얼마 지나지 않아 로저는 이상한 점을 깨달았다.

'막지 않는군.'

이따금 황실 기사단이 그를 저지하려 나서긴 했지만, 그것도 아주 잠시였다.

몇 합을 나누는 척하다가 감당하기 힘들다 판단하면 모두가 약속이나 한 것처럼 지체 없이 몸을 뺐다.

게다가 추격해 오는 자들 역시 어느 정도 거리를 유지하고 있었다.

마치 사냥감을 함정으로 모는 것 같은 포진이었다.

'그렇다면…….'

가면에 가려진 로저의 얼굴이 차게 가라앉았다.

이 앞에 기다리고 있는 존재가 누구인지, 그리고 이 작전을 고안한 게 누구인지도 감이 잡혔다.

로저는 쯧 혀를 차고 자리에 우뚝 멈춰 섰다.

그의 검이 다시금 불길에 휩싸였다.

"얄팍한 수를."

두 다리로 단단히 딛고 선 로저가 머리 위로 강하게 검을 휘둘렀다.

그에게 쏟아지던 화살이 허공에서 순식간에 잿더미로 변해 힘없이 흩어졌다.

흩날리는 잿가루 사이에서 로저는 신전 지붕에 몸을 숨긴 엘프 전사들을 찾아냈다.

그는 지체 없이 로브 자락에서 단도를 꺼냈다.

화륵, 손가락 사이에 끼워진 단도에 불꽃이 피어나더니 순식간에 발출됐다.

엘프들이 상황을 알아차렸을 때는 이미 그들의 머리에 단도가 깊숙이 박힌 상태였다.

"……!"

미처 비명도 지르지 못하고 절명한 궁수들이 불덩어리가 되어 신전 아래로 추락했다.

쿵.

불길에 휩싸인 시신이 땅과 부딪치며 육중한 소리를 냈다.

하지만 로저는 돌아보지도 않고 다시 움직이기 시작했다.

시신을 태우던 불이 사방으로 번지며 로저와 추격대 사이에 화염 장벽을 만들어 냈다.

순식간에 아수라장이 펼쳐졌다.

"닿지 마라! 옷에 옮겨붙으면 끝장이다!"

"적입니다!"

뒤늦게 달려온 어둠의 신관들과 병사들이 기사들을 물고 늘어지기 시작한 것도 그 순간이었다.

로저는 난장판이 된 대신전의 앞마당에서 익숙한 은발을 찾아냈다.

"······."

새하얀 청년은 늘 그랬듯 무감정한 눈으로 이쪽을 바라보고 있었다.

바로 옆에서 동료들이 적을 베어 내고 불을 끄느라 야단법석인 와중에도 그는 마치 홀로 동떨어진 것 같은 모습이었다.

한순간 그와 눈이 마주쳤다.

하지만 로저는 먼저 몸을 빙글 돌려 그 자리를 벗어났다.

'따라올 테면 따라와라.'

로저가 휘두른 검에 대신전 입구를 떠받치던 거대한 기둥 두 개가 박살 났다.

쿠우웅!

자욱한 먼지가 일며 쓰러진 기둥의 파편들이 문 앞을 가로막았다.

입구를 막은 로저는 거침없이 성전 안으로 돌진했다.

잘 정돈된 루체의 성전이 로저의 흙발에 짓밟혔다.

고즈넉한 불빛에 물든 신전에 검은 로브가 어둠처럼 펄럭였다.

검자루를 단단히 붙잡은 로저가 화염에 휩싸인 검을 크게 내려쳤다.

카아앙!

찢어지는 쇳소리가 성전의 고요한 공기를 갈랐다.

끽, 끼긱.

거칠게 마찰하며 대립하는 검 너머에 언젠가 성검의 주인이 될 자가 보였다.

라이오스 드 윈프리드.

유달리 새파란 눈동자에 로저의 가면이 고스란히 비쳤다.

올곧은 시선은 한 치의 비틀림 없이 선한 의지를 담아내고 있었다.

빛이 옳다는 전제로 설계된 세상에서 자신은 그저 악일 뿐이라는 사실을, 로저는 잘 알고 있었다.

"반갑다, 영웅."

로저는 선의 수호자에게 경의를 표했다.

라이오스 역시 짧게 화답했다.

"유감스럽지만, 난 영웅이 아니다."

두 사람이 동시에 서로를 뿌리쳤다.

채앵!

검이 튕겨 나가며 뒤로 도약해 거리를 벌린 라이오스가 곧장 로저를 향해 쇄도했다.

강한 자의 그림자가 발동함과 동시에, 검에 선명한 검기가 맺혔다.

콰아앙!

다시금 두 사람의 검이 세게 충돌했다.

모든 것을 다 집어삼킬 듯한 화염이 눈앞에서 일렁거렸지만 라이오스는 눈살조차 찌푸리지 않았다.

두 사람은 한 치의 물러섬도 없이 치열하게 서로를 몰아붙였다.

강한 자의 그림자로 보호받는 라이오스의 검은 격한 충돌에도 전혀 타격을 받지 않은 것처럼 보였다.

로저와 라이오스의 마력량이 비등하다는 뜻이었다.

"명불허전이군."

"그쪽이야말로."

짧은 감탄사에 라이오스가 덤덤히 대답했다.

로저의 불타는 검에 어둠의 신성력이 스며들었다.

가면 너머의 눈동자가 스산한 빛을 머금었다.

"당분간 방해할 사람도 없을 테니, 어디 한번 겨뤄 보지."

기사들과 엘프 전사들은 화염과 구울, 신관들에게 붙잡혀 당분간 합류하지 못할 터였다.

잠깐 뜸을 들이던 라이오스가 자신의 검을 더욱 단단히 쥐었다.

"유감스럽게도 이건 대결이나 대련 따위가 아니다."

"……."

"그런 걸 원했다면 나를 따로 찾아왔어야지. 병력을 이끌고 성역을 더럽히는 것이 아니라."

라이오스는 하체에 더욱 단단히 힘을 실었다.

검을 쥔 손아귀에 힘줄이 섰다.

예상 밖의 대답에 로저가 가면 아래에서 살며시 미간을 찌푸렸다.

"무슨 뜻이지?"

"뜻이랄 것은 없다만. 호구처럼 군다고 더 욕먹고 싶지는 않아서."

누구 말마따나, 나쁜 새끼를 상대하는데 정정당당할 필요는 없었다.

한순간 라이오스가 몸에서 힘을 빼고 검을 옆으로 흘려 버렸다.

"……!"

잠깐 균형을 잃었지만, 로저는 금세 중심을 되찾고 라이오스의 기척이 느껴지는 곳을 향해 검을 내질렀다.

카아앙!

하지만 다음 순간 들린 것은 아까와는 조금 다른 쇳소리였다.

"뭐?"

로저는 뒤늦게 눈으로 상대를 확인했다.

결의에 찬 낯의 엘프 전사가 라이오스 대신 그의 검을 막아 내고 있었다.

자카르였다.

예상치 못한 상황에 로저는 잠깐 당황했다.

하지만 그는 곧 평정심을 되찾았다.

"매복이 있었군."

"실례하겠다."

자카르가 덤덤하게 대답했다.

두 명이 한 사람을 몰아붙이는 건 명예로운 싸움이 아니었지만, 지금은 물불 가릴 때가 아니었다.

"좋군."

로저의 가면 너머에서 무미건조한 감탄이 터져 나왔다.

화염을 일으키고 기둥을 넘어뜨려 미리 길을 차단하지 않았다면, 지금쯤 황실 기사단과 엘프 전사들까지 합세해 로저를 압박했을 것이다.

"나쁘지 않은 작전이다."

짧게 칭찬을 건네며 로저는 아티팩트의 힘을 끌어냈다.

자카르는 발아래에서 수상한 기척을 느꼈다.

급히 검을 거둔 자카르가 뒤로 물러선 것과 거의 동시에.

콰아앙!

방금까지 자카르가 딛고 있던 자리에 폭음과 함께 화염이 치솟았다.

자카르를 배제한 로저는 뒤이어 날아든 라이오스의 검을 쳐 냈다.

뒤로 한 발 물러선 로저가 라이오스를 향해 날렵하게 몸을 던졌다.

채앵!

화염에 휩싸인 검이 라이오스의 푸른 검에 튕겨 나갔다.

뒤로 한 발짝 물러선 로저가 툭 내뱉었다.

"하지만 그대가 좋아하는 방식은 아닌 것 같다는 생각이 드는데."

"그런 게 중요한가?"

짤막한 대꾸에 로저는 쉽게 납득했다.

"하긴, 그렇군. 목적을 이루는 데 수단과 방법을 가릴 필요가 없다는 부분에서는 동의한다."

신전 입구 쪽이 시끄러워졌다.

어느새 불을 진화하고 기사들이 밀고 들어온 것이다.

'생각보다 빠르군.'

저쪽에 서리 어린 손길을 지닌 아렌트 폰 에크하르트가 있으니 딱히 놀라울 일은 아니었지만.

자카르와 라이오스는 로저의 움직임을 주시하며 거리를 두고 서 있었다.

그가 조금이라도 움직인다면 곧바로 달려들 기세였다.

검을 고쳐 잡으며 로저가 툭 내뱉었다.

"하나만 묻지. 이 판을 구상한 게 견습 기사인가?"

"그게 왜 궁금하지?"

라이오스가 경계하며 물었다.

로저의 가면 너머에서 딱딱한 대답이 돌아왔다.

"아니. 훌륭하다고 칭찬해 주고 싶을 뿐이다."

다음 순간, 로저의 주변으로 짙은 어둠이 몰아쳤다.

한순간 두 사람의 눈앞에서 사라진 로저는 곧 라이오스의 몇 걸음 뒤에서 다시 모습을 드러냈다.

"하지만 나를 너무 호락호락하게 봤군."

"……!"

그는 두 사람을 내버려 둔 채 신전 내부로 파고들었다.

먼저 지하의 보관실로 가 성검을 파괴해 버릴 요량이었다.

"저자가!"

자카르가 으득 이를 악무는 사이, 라이오스는 이미 움직이기 시작했다.

빠른 속도로 로저의 뒤를 추격하기 시작한 것이다.

자카르 역시 그 뒤를 따르려 했지만, 갑자기 입구가 쾅 열리며 쏟아져 들어온 적들에 멈칫하고 말았다.

"구울?"

"케에에엑!"

구울이 기괴한 소리를 내지르며 자카르를 향해 덤벼들었다.

자카르는 당황한 와중에도 검을 움직여 적을 산산조각 냈다.

황실 기사단과 엘프 전사들이 신전 안으로 뛰어들었다.

갑자기 늘어난 적의 머릿수에 그들 역시 당황한 듯 보였다.

"이게 어떻게 된 거지?"

"갑자기 대량의 구울이 소환됐습니다! 처음 신전을 습격했던 인원보다 훨씬 많습니다!"

자카르가 외치자 라이더가 다급하게 대답했다.

아직 처음 쳐들어온 이들도 모두 처리하지 못한 상황이었다.

한정된 머릿수로 끝도 없이 밀려드는 적을 상대하게 될지도 모른다.

언젠가 아렌트가 한 말이 정확히 맞아떨어진 셈이었다.

"빌어먹을……!"

욕을 내뱉은 자카르는 라이오스와 로저가 사라진 곳을 한번 보고, 이내 자신을 향해 덤벼드는 구울을 상대하기 시작했다.

이곳이 뚫리면 로저를 상대해야 하는 라이오스가 더욱 곤경에 처할 것이 뻔하다는 걸 아는 탓이었다.

그때, 싸늘한 냉기가 그의 옆을 훑고 지나갔.

자카르는 마치 홀린 것처럼 서늘한 공기의 움직임을 따라 시선을 움직였다.

느슨하게 묶인 은발을 따라 새하얀 서리가 흩날리고 있었다.

"여기 뚫리면 나중에 다 뒈질 줄 알아요. 어느 정도 정리되면 바로 따라오고."

견습 기사 주제에 명령조로 내뱉는 꼴이 꽤 잘 어울렸다.

자카르를 둘러싼 구울들을 모조리 얼려 버린 아렌트는 순식간에 그를 지나쳐 라이오스의 뒤를 따라 신전 안으로 사라졌다.

"부탁드립니다, 교관님."

어느새 합류한 리히트가 짧은 한마디를 남기고 아렌트의 뒤를 쫓았다.

"야 이 씨, 혼자 가지 말라고!"

아서 역시 자카르를 빠르게 스쳐 지나가 아렌트를 그림자처럼 뒤따라가고 있었다.

도대체 누가 누구에게 명령을 내리는 건지.
그들의 뒷모습을 잠시 눈으로 좇던 자카르가 헛웃음을 터뜨렸다.
"……기강이 엉망진창이군."

4장. 빌어먹을 무대

빌어먹을 무대

쿵! 쿠우웅!

복도 저편에서 커다란 울림이 터져 나왔다.

장식장 위의 신상들이 위태롭게 흔들리는 것을 본 아서가 저도 모르게 중얼거렸다.

"진짜 말도 안 돼……."

리히트 역시 비슷한 심정이었다.

지금껏 라이오스에게 대적할 사람은 없다 여기던 그들이었다.

그 탓에 단장과 호각으로 겨루는 로저의 존재는 충격일 수밖에 없었다.

하지만 언제나 그랬듯 아렌트는 시큰둥하기만 했다.

"이제부터 시작이니까 엄살 피우지 마세요."

"너 잘났다, 이 자식아."

아서가 투덜거리는 말을 흘려들으며 아렌트가 말을 이었다.

"솔직히 저 괴물 새끼의 약점이 뭔지는 저도 잘 모르겠거든요? 그래도 아까 저놈 부하랑 싸우다가 몇 가지 짐작 정도는 해 봤는데."

"도움 되는 건 알겠다만 제발 그런 짓 좀 자제하면 안 되나? 지켜보는 사람 생각도 좀 해 주면 좋겠는데."

리히트가 불평했지만 당연히 아렌트는 무시했다.

"얼핏 진짜 괴물처럼 보일 거예요. 지치지도 않고, 마력도 무한정으로 퍼부으니까요. 하지만 놈도 일단은 인간이란 말이죠. 아마 신성력으로 일부 감각이 마비되어 있을 가능성이 커요."

"그러니까…… 부상이나 피로감에 큰 영향을 안 받는 것처럼 보이지만, 차곡차곡 누적되어 갈 거라고?"

아서가 눈살을 찌푸리며 되묻자 아렌트가 고개를 끄덕여 주었다.

"네, 아까 아인이라는 놈도 그랬어요. 처음에는 침착한 척하다가 조금 긁으니까 필요 이상으로 흥분하더라고요."

"그건 네가 약 올려서 그런 거고. 진짜 미친 새낀 줄 알았네."

옆에서 아서가 투덜거리는 것도 묵살해 버린 아렌트가

말을 이어 갔다.

"그리고 산 채로 구울이 됐던 그놈들 있잖아요. 아인도 그놈들처럼 시각에 의존하려고 하더라고요. 물론 그 크로우란 녀석보다는 훨씬 감이 좋은 것 같긴 했지만."

아인은 시선을 끌었다가 엉뚱한 곳에서 기습하는 아렌트의 수법에 두 번이나 당했다.

그 정도 실력이 되는 검사치고는 제법 둔한 반응이었다.

구울들이야 신체를 개조당했으니 다른 감각이 둔해지는 게 이상한 일은 아니었지만, 구울도 아닌 아인이 비슷한 반응이라는 건 확실히 이상한 일이었다.

"여튼 억지로 버티다 한계가 오면 한 번에 터져 버리는 것, 그리고 감각이 약간 둔해지는 것. 이 두 개가 체르니온 교 신성력의 부작용일지도 몰라요."

아렌트가 덧붙인 말에 리히트가 짧게 내뱉었다.

"로저도 비슷할지 모른다는 말이군."

"그런 셈이죠."

견습 기사가 건성으로 대꾸했다.

농담으로라도 썩 좋다고 말하지는 못할 상황이었다.

적들이 생각보다도 필사적이었다.

게다가 목숨을 사리지 않는 놈들이 살을 내주고 **뼈**를 취하겠다는 일념으로 달려드니 기사들과 엘프 전사들도 지칠 수밖에 없었다.

이런 식의 전투에 익숙지 못한 엘프 전사들은 벌써 사망자가 나오기도 했고.

'최대한 빨리 끝내는 게 좋긴 하지만.'

현실적으로 불가능한 일이었다.

그런 생각을 하는데, 아서가 다시 입을 열었다.

"즉…… 단장님이 놈을 막는 틈에 우리가 끝까지 물고 늘어져야 한다는 거네. 놈이 한계를 드러낼 때까지."

"무적처럼 보이지만, 한계를 보이기 시작한 순간부터 빠르게 무너진다는 거군. 그래서 다 같이 덤벼들어 장기전으로 끌고 가는 게 유리하다는 거고."

리히트의 말이 끝나자 아서가 한마디를 더했다.

"그리고 단장님이 그동안 체력을 비축할 수 있도록 수비해야 한다는 거지? 단장님이 아니면 그 괴물 놈을 온전히 감당할 수 없으니까."

"선배들치곤 잘 알아 들으셨…… 와, 씨!"

평화로운 대화도 잠시, 뭔가가 머리 위를 가르고 지나가는 기척에 세 사람은 질겁하며 고개를 확 숙여야 했다.

콰아앙!

등 뒤 기둥에 뭔가가 박히더니 이내 와르르 무너지는 소리가 들렸다.

아서가 하얗게 질린 얼굴로 더듬더듬 물었다.

"방, 방금 뭐냐? 단도였지? 단도로 기둥을 무너뜨리는 게 가능해?"

"이거 단장님이죠? 진짜 미친 인간 아니야?"

뒤를 힐끗 본 아렌트 역시 질색했다.

루체 신전 고유의 장식이 새겨진 두꺼운 기둥이 형체도 남지 않고 산산조각 나 있었다.

아무래도 라이오스 역시 몸이 제대로 풀린 모양이었다.

리히트가 곤혹스럽게 중얼거렸다.

"나중에 대신관님께 꼭 사죄드려야겠군."

유서 깊은 대신전이 엉망이 되는 꼴이 영 달갑잖은 리히트였다.

하지만 아렌트는 늘 그랬듯 당당했다.

"괜찮아요. 수리비는 황실에서 대기로 했으니까. 정확히는 황태자 전하 주머니에서 나갈 거예요."

"전하께서는 왜 또 봉변당하셨대?"

"황제 폐하께서 선 그으셨답니다. 제가 치는 사고는 알아서 수습하라고 하셨다던데요?"

아서에게 담백하게 대답해 주며, 아렌트는 다시금 서리 어린 손길의 힘을 끌어올렸다.

점점 두 사람에게 가까워지고 있다는 게 느껴졌다.

성검은 대신전 지하 깊숙한 보관실에 잠들어 있었다.

라이오스와 로저는 지하로 내려가는 계단 앞에서 전투를 벌이는 듯했다.

연이어진 소음을 따라 복도를 달린 그들은 곧 두 사람

이 전투를 벌이는 현장을 두 눈으로 확인할 수 있었다.

"……!"

그들은 저도 모르게 우뚝 걸음을 멈췄다.

후끈한 열기가 느껴졌다.

계단실 바로 앞의 작은 홀은 군데군데 부서지고 패어 엉망진창이 되어 있었다.

장식용으로 늘어뜨려 둔 휘장은 불에 타 잿더미로 변했고, 복도에 놓인 장식물들도 산산조각 난 채 불길에 휩싸여 있었다.

그 난장판의 가운데에 라이오스와 로저가 있었다.

두 사람 역시 성한 모양새는 아니었다.

헤어질 때까지만 해도 단정하던 라이오스는 이곳저곳에 상처를 입은 상태였다.

제복은 검게 그을린 데다 적지 않은 곳이 피에 물들어 있었다.

꼴이 엉망인 것은 로저도 마찬가지였다.

가면에는 금이 간 채였고, 치명상을 입지는 않았지만 팔다리에 베인 상처가 가득했다.

라이오스의 힘을 정면으로 받아 내는 다리는 얼핏 굳건해 보였지만, 잘게 경련을 일으키고 있었다.

"……!"

한순간 로저가 강한 힘으로 라이오스를 쳐 내고, 그대로 검을 내질렀다.

고개를 살짝 틀어 공격을 피한 라이오스는 로저의 몸통을 노리고서 검을 횡으로 그었다.

하지만 그 공격도 화염에 휩싸인 검에 가로막혀 버렸다.

콰아앙!

두 사람의 검이 충돌하며 공기가 진동했다.

불꽃이 재차 사방으로 흩날렸다.

세 사람이 멀뚱히 선 곳까지 불똥이 튀었지만, 서리 어린 손길의 냉기와 부딪힌 탓에 금세 사그라졌다.

뜨거운 열기에 라이오스의 체력이 고갈되는 것도 시간문제처럼 보였다.

"끼어들죠."

아렌트가 툭 내뱉자 아서가 질린 목소리로 답했다.

"저 틈에 끼자고?"

"그럼 선배는 손가락이나 빨고 있으시던가."

엄살 섞인 말에 좋은 말이 돌아올 리 만무했다.

그럼에도 굳이 말을 붙인 건 자신도 모르게 느낀 압박감을 해소하기 위해서였다.

아렌트의 태평한 어조를 들으면 어깨에 들어간 힘이 좀 풀릴 것 같았으니까.

"일단은 저 망할 불부터 좀 꺼야겠네요."

그래야 아서와 리히트가 편하게 움직일 수 있을 터였다.

아렌트의 눈이 가늘어졌다.

계단실을 막은 거대한 문은 여전히 굳건히 닫힌 채였다.

문은 삼중으로 잠겨 있었고 그 열쇠는 대신관 루미엘이 가지고 있었다.

저곳을 뚫는 방법은 딱 하나.

파괴하는 수밖에 없었다.

'그렇다면…….'

짧은 고민 끝, 견습 기사가 가장 먼저 움직였다.

서로에게 집중하던 라이오스와 로저는 갑작스러운 냉기에 퍼뜩 고개를 들었다.

방금까지 불길에 휩싸였던 자리가 새하얗게 얼어붙어 있었다.

다음 순간, 로저의 경계가 흩어진 틈을 타 아렌트가 라이오스의 어깨를 붙잡았다.

"아렌트?"

라이오스가 당황해 그를 부르자 아렌트가 퉁명스럽게 대꾸했다.

"숨 좀 돌려요."

단장을 뒤로 밀친 견습 기사는 당연하다는 듯 로저를 향해 검을 휘둘렀다.

로저는 잠시 당황했지만 이내 더욱 큰 불꽃으로 그에 응수했다.

콰아앙!

얼음 조각과 불똥이 사방으로 흩날렸다.

'와, 씨.'

엄청난 충격에 순간 입으로 욕이 튀어나올 뻔했다.

호문쿨루스와 정면으로 부딪쳤을 때와 거의 비슷한 느낌이었다.

하지만 아렌트는 두 손으로 검을 단단히 잡고서 버텨냈다.

한 가지 다행인 점은 로저가 가진 '업화의 축복'과 아렌트의 '서리 어린 손길'의 힘이 상극이라는 거였다.

한 번 검을 휘두를 때마다 번지던 불꽃이 서서히 가라앉으며 주변 공기의 온도가 점차 내려가고 있었다.

"건방진 애송이 같으니."

가면 너머에서 음산하게 가라앉은 목소리가 들려왔다.

아까와는 확연히 다른 기색이었다.

'흥분했군.'

라이오스와 검을 주고받으며 감정이 격해진 것이다.

아렌트는 애써 히죽 웃었다.

"새삼?"

대답은 돌아오지 않았다.

대신 로저는 강한 힘으로 아렌트를 크게 밀어냈다.

아렌트는 굳이 저항하지 않고 훌쩍 뒤로 거리를 벌렸다.

로저는 아렌트를 향해 곧장 검을 내지르려 했다.

"……!"

하지만 그 공격은 리히트에게 가로막혔다.

주변 불꽃이 가라앉으며 아서와 리히트도 접근이 가능해진 것이다.

잠깐 동요한 게 거짓말처럼, 로저가 차분히 툭 내뱉었다.

"날 사냥감 취급하고 싶은 모양이지."

로저는 리히트의 검을 쳐 낸 뒤 그를 발로 걷어찼다.

"큭!"

리히트가 급하게 거리를 벌리는 찰나, 아서가 교대하듯 뛰어들었다.

빠르게 치고 빠지는 것으로 체력 소모를 최소화할 계획이었다.

'성가시군.'

가면 아래에서 로저가 인상을 찌푸렸다.

그들이 어떤 속셈인지 짐작하는 건 어렵지 않았다.

하지만 로저 역시 순순히 어울려 줄 생각은 없었다.

"흡!"

로저는 아서를 향해 크게 검을 내려쳤다.

아서는 막는 대신 뒤로 물러서는 쪽을 선택했다.

리히트가 뒤이어 달려들었지만, 그 역시 강한 화염에 급히 거리를 둬야 했다.

모두를 견제한 로저는 아티팩트의 힘을 더욱 끌어올려, 그대로 계단실 입구를 막은 문을 향해 검을 내려쳤다.
　하지만 그의 예상을 뛰어넘은 전개가 펼쳐졌다.
　카아앙!
　화염 틈으로 싸늘한 냉기가 파고들며 그의 검이 가로막힌 것이다.
　"……!"
　로저가 눈을 크게 떴다.
　뒤늦게 문 앞을 가로막은 견습 기사가 시야에 들어왔다.
　마치 그가 이곳을 노릴 거라고 처음부터 예상했던 것처럼.
　"어딜 도망치려고."
　뒤이어 등 바로 뒤에서 공기를 가르는 살벌한 기척이 느껴졌다.
　로저는 반사적으로 아렌트를 내쳤다.
　나가떨어진 아렌트가 바닥을 구르다 벽에 처박혔다.
　하지만 로저는 그를 신경 쓸 여유가 없었다.
　뒤를 확인하자마자 검을 치켜든 라이오스와 시선이 마주친 탓이었다.
　잠깐 아렌트에게 시선을 빼앗긴 틈에 라이오스가 바짝 접근한 것이다.

"……!"

막기는 이미 늦었다.

로저가 지면을 박차고 뒤로 거리를 벌렸다.

콰드득!

간발의 차로 라이오스의 검이 바닥 깊이 파고들었다.

조금만 늦었더라면 그대로 목이 떨어졌을지도 모를 상황이었다.

검을 거둔 라이오스가 고개를 들어 로저와 시선을 마주쳤다.

"……."

로저는 자신도 모르게 검을 다잡았다.

아주 오랜만에 모골이 송연해지는 감각이 느껴졌다.

아렌트가 동료들에게 한 가지 말하지 않은 게 있었다.

지금은 물론이고, 앞으로도 당분간 절대로 입에 내지 못할 한 가지 사실이었다.

터진 입 안에서 흐르는 피를 대충 닦아 내며, 아렌트는 라이오스와 로저의 대치를 살펴보았다.

'역시, 단장이 조금 밀려.'

먼치킨이라 불리는 주인공답게 라이오스는 미친 듯이 강하다.

그러나 아직 그는 성검을 손에 넣지 못한 상태였다.

'성검의 푸른 기사'에서, 로저는 성검을 손에 넣은 라이오스와 거의 호각으로 싸웠다.

그럼에도 결판을 내지 못한 게 현실이었다.

강한 자의 그림자로 그 문제를 보완한 덕에 로저와 호각으로 겨루고는 있었지만 로저의 아티팩트, '업화의 축복'은 말도 안 되는 물건이었다.

최소한의 피해로 로저를 상대하려면 인내심을 가지고 시간을 끄는 게 정답이었지만 그 역시 모험인 것은 마찬가지였다.

'단순히 생각하자면……'

자신과 리히트, 아서가 성검 이상의 몫을 해내야 로저를 완전히 배제할 수 있다는 뜻이었다.

'냉정하게 생각하면 그것도 힘든 일이지.'

아렌트는 계산하기를 그만두었다.

이런 식으로 가늠하는 게 무의미하다는 걸 깨달은 탓이었다.

로저는 기사들을 상대하면서도 끈덕지게 문을 파괴하려 들었다.

라이오스와 아렌트가 교대하며 번번이 막아섰지만, 그럼에도 굳건한 문에는 한두 개씩 커다란 상흔이 새겨지고 있었다.

'돌겠네, 진짜.'

아렌트는 품에서 마정석 하나를 꺼내 쥐고 아티팩트를 발동했다.

마정석이 손안에서 가루로 변했다.

'이걸로 세 개째인가.'

행동이 읽혔다는 데 잠깐 당황했던 로저는 언제 그랬냐는 듯 다시 평정심을 되찾은 상태였다.

역시나 쉽지 않은 상대였다.

'이런 빌어먹을 무대 같으니.'

언제 한 번이라도 순조롭게 흘러간 적이 있었나.

지금 와서 새삼스럽게 이리저리 재는 것도 자신이 위기감을 느끼고 있다는 반증이었다.

아렌트는 익숙하게 상념을 지우고 제 역할에 집중했다.

뭐가 어떻게 됐든, 그가 '아렌트'로서 해야 할 일은 달라지지 않으니까.

* * *

뱀의 거대한 머리가 셰키나를 삼킬 듯 달려들었다.

콰드득!

하지만 뱀의 이빨은 방금까지 그녀가 서 있던 지면을 깊이 파고들었을 뿐이었다.

급히 뒤로 거리를 벌린 셰키나는 빠르게 마법을 준비하기 시작했다.

그녀가 멈춰 선 틈에 뱀이 다시 아가리를 벌리고 공격해 왔다.

하지만 다이아나가 앞을 막아섰다.

콰아앙!

아가리를 벌린 뱀의 이빨과 다이아나의 검이 정면으로 충돌했다.

"……!"

몸을 지탱하던 다이아나는 불길한 느낌에 급히 뱀의 머리를 옆으로 흘려 버리고 뒤로 물러섰다.

바로 그 순간, 뱀의 입에서 짙은 독무가 뿜어져 나왔다.

"쉬이이익!"

보랏빛 안개가 닿자 지면이 시커멓게 녹아내리기 시작했다.

공격을 빗맞힌 것이 억울한지, 뱀이 새빨간 눈알을 들어 다이아나를 찾았다.

그때, 갑자기 강한 돌풍이 몰아쳤다.

퍽!

둔탁한 소리와 함께 뱀의 관자놀이가 터져 나갔다.

조금 떨어진 곳에서 르웰린이 아티팩트를 발동한 것이다.

그 틈에 마법 캐스팅을 마친 세키나가 외쳤다.

"파이어 스피어!"

그녀의 근처에 피어난 불꽃 창살들이 뻣뻣하게 굳은 호문쿨루스에게 한꺼번에 날아들었다.

빌어먹을 무대 〈173〉

하지만 마법은 호문쿨루스의 비늘에 닿기 전에 파스스, 흩어져 버렸다.

셰키나가 눈을 크게 떴다.

"뭐야?"

당황한 셰키나는 저도 모르게 지클린을 보았다.

그녀와 눈을 마주친 지클린이 빙그레 미소 지었다.

"뭐 문제 있어?"

지클린의 주변을 떠도는 작은 정령이 눈에 들어왔다. 정령이 자신의 힘으로 마력을 흩어 버려 호문쿨루스를 지켜 낸 것이다.

그러는 사이, 관통당한 호문쿨루스의 머리도 서서히 원래 형태로 회복되고 있었다.

르웰린이 헛웃음을 터뜨렸다.

"진짜 환장하겠네."

괜히 저 거대한 뱀 괴물의 성질만 긁어 놓은 것 같았다.

어느 놈이 입버릇처럼 말하는 대로 도망치는 것도 한 방법이겠지만, 그것도 딱히 가능할 것 같지는 않았다.

르웰린의 곁으로 바짝 붙은 다이아나가 운을 뗐다.

"정면으로 돌파할 만한 뾰족한 수는 떠오르지 않습니다만, 왕자님은 어떠십니까?"

"나라고 해 봤자……."

르웰린이 어색한 웃음을 흘리다 목소리를 죽였다.

"뭐어, 방법이 영 없는 건 아닐 것 같긴 한데."

"문제는 저 정령이죠."

다이아나 역시 그와 비슷한 생각을 떠올린 듯했다.

전장에는 좀처럼 모습을 드러내지 않는 지클린이 직접 나선 데에도 이유가 있을 것이다.

'아티팩트를 회수하기 위해서겠지.'

다이아나는 검을 꾹 쥐며 생각에 잠겼다.

구울이나 '기적의 병사' 운운하는 부하들이 지능을 갖췄다고 해도, 차마 그들의 손에 드래곤 본을 맡길 수 없었던 것이다.

그 대신 리타라는 정령을 호신용으로 데리고 나온 걸 테고.

'그리고 셰키나 님의 마법이 저 정령 때문에 방해받고 있다.'

그 모든 문제를 타파하기 위한 방법이 딱 하나 떠오르긴 했다.

다이아나가 르웰린을 슬쩍 눈짓했다.

"왕자님, 괜찮으시겠습니까?"

"단장, 나 못 믿어? 나 누군지 몰라?"

장난스러운 물음이 돌아왔다.

신분으로 특별 취급하지 말라는 뜻이었다.

"당연히 압니다. 탐험가 연합의 연합장인 데다……."

다이아나는 셰키나 쪽을 향해 시선을 주며 대답했다.

뱀 호문쿨루스를 견제하던 셰키나 역시 그 시선을 알아차리고 작게 고개를 끄덕였다.

다이아나가 살짝 입꼬리를 휘며 툭 내뱉었다.

"우리 3기사단 견습 기사 녀석의 좋은 심부름꾼이시잖습니까."

"다이아나 단장까지 그럴 거야?"

르웰린이 불만스럽게 툴툴거렸지만 그렇다고 부정할 수 있는 건 아니었다.

왕자가 말머리를 돌렸다.

"통할지 안 통할지는 모르겠지만."

마정석을 쥔 손에 힘이 꾹 들어갔다.

"잠깐만 시간 좀 끌어 줘, 단장. 그리고 솔직히 믿는 구석도 하나 있긴 하거든."

"알겠습니다. 다치지 마세요."

짧게 당부한 다이아나는 곧장 자리를 박차고 뛰어나갔다.

그녀의 검은 지클린을 똑바로 노리고 있었다.

지클린이 놀라 뒤로 한 걸음 물러서자마자, 따스한 기운의 장막이 그녀를 감쌌다.

정령의 힘이 지클린을 보호한 것이다.

주인의 위험을 알아차린 뱀 역시 똬리를 풀고 다이아나를 향해 돌진했다.

하지만 셰키나가 때맞춰 방어 마법을 펼쳤다.

"실드!"

쿠우웅!

뱀의 머리가 그대로 방어막에 처박혔다.

호문쿨루스와 지클린의 발이 묶인 사이, 르웰린은 곧장 내달리기 시작했다.

지클린이 당황해 눈을 크게 떴다.

"어?!"

하지만 다이아나는 아직 그녀를 놓아줄 생각이 없었다.

"이쪽 봐야지, 애송아."

뒤로 한 걸음 물러섰던 다이아나는 다시금 지클린에게 쇄도했다.

물론 그녀의 검이 지클린에게 닿을 일은 없었다.

그러나 코앞까지 날아드는 검날에 지클린이 평정심을 유지하는 건 어려운 일이었다.

쾅! 쾅!

뱀은 연신 큰 머리를 셰키나의 마법 방어막에 들이박고 있었다.

하지만 셰키나의 실드 마법도 점점 한계를 보이고 있었다.

뱀을 정면으로 막은 마법이 점차 흔들리는 것을 본 지클린이 이를 부득 갈았다.

"왕자만 도망치게 할 속셈인 모양이지? 그렇게 둘 것

같아?"

 한순간 지클린의 신형이 사라지더니, 다이아나로부터 몇 걸음 떨어진 곳에 불쑥 나타났다.

 "리타!"

 그녀가 날카롭게 외치자 작은 정령이 부름에 응했다.

 다이아나는 한순간 지클린을 감싸던 낯선 마력이 흩어진 것을 알아차렸다.

 그리고 이변은 등 뒤, 셰키나 쪽에서 일어났다.

 쨍그랑!

 뭔가가 깨지는 소리와 함께 셰키나의 방어 마법이 산산조각 나 흩어졌다.

 흥분한 뱀 호문쿨루스가 셰키나를 덮쳤다.

 셰키나는 급하게 피하며 다음 마법을 준비하려 했지만, 혼자 호문쿨루스를 상대하는 것은 불가능했다.

 "칫!"

 결국 다이아나는 지클린을 내버려 두고 셰키나 쪽에 합류할 수밖에 없었다.

 "비키세요!"

 셰키나를 밀어낸 다이아나가 또 한 번 괴물의 이빨을 막아 냈다.

 콰아앙!

 흥분한 뱀이 아까보다도 더욱 강한 힘으로 다이아나를 압박했다.

전신의 호흡이 다 빠져나갈 것 같은 충격이 몸을 훑었지만, 다이아나는 어떻게든 버텨 내고 뱀의 머리를 옆으로 흘려 버렸다.

뱀은 돌진하던 속도를 이기지 못해 그대로 지면에 다시금 머리를 처박고 말았다.

자욱하게 흙먼지가 피어나는 사이 셰키나와 다이아나는 훌쩍 거리를 벌렸다.

지클린은 어느새 사라져 있었다.

경계를 늦추지 않으며 다이아나가 짧게 물었다.

"셰키나 님, 괜찮으십니까?"

"괜찮습니다. 마법이 깨지기 직전에 마력을 풀었으니까요. 그런데……."

셰키나는 르웰린이 달려간 쪽을 힐끗 보았다.

"왕자님은 정말로 괜찮으신 겁니까? 약하지 않은 분이라는 것도 알고, 제 부하들 몇도 뒤따르긴 했습니다만."

이미 상황을 기민하게 눈치챈 엘프 전사들 몇이 르웰린의 뒤를 따라나섰다.

다이아나에게서 담백한 대답이 돌아왔다.

"아마도 괜찮으실 겁니다. 왕자님께서 무리하지만 않으신다면요."

사실 그게 제일 걱정이긴 하지만, 르웰린 왕자가 그 정도로 아둔한 사람은 아니니 알아서 잘 처신할 것이다.

구울들을 소환할 수 있고, 정령술까지 습득한 지클린의

전투력이 어느 정도일지가 미지수였지만 그쪽도 크게 걱정하지 않아도 될 터였다.

아직 그들에게는 한 가지 남은 수가 있었으니까.

"일단 저 뱀부터 어떻게 하고 저희도 뒤따르죠."

"알겠습니다."

다이아나의 말에 셰키나가 고개를 끄덕였다.

정령이 사라졌으니 이제 마법이 방해받을 일은 없을 터였다.

그리고 3기사단의 보고에 따르면, 호문쿨루스는 화염이나 빙결 마법에 취약했다.

이제 남은 것은 저 덩치 큰 괴물을 실컷 두들겨 패는 것뿐이었다.

* * *

르웰린은 어두운 숲속을 정신없이 달렸다.

파사삭.

스쳐 가는 수풀이며 나무들이 스산한 비명을 질렀다.

목적지가 어디가 됐든 상관없었다.

'최대한 멀어지는 게 중요해.'

그래야 셰키나와 다이아나가 아무런 방해 없이 호문쿨루스를 처리할 수 있었다.

진은 아마 아티팩트를 지닌 자신을 따라올 수밖에 없을

테니까.

명민한 머리를 가진 만큼 이게 함정이라는 사실쯤이야 쉽게 알아차릴 것이다.

하지만 그녀에게는 선택지가 없었다.

르웰린이 자신이 눈 밖에 난 짧은 순간에 아티팩트를 다른 곳으로 빼돌리거나 파괴해 버릴 가능성을 간과할 수 없는 탓이었다.

그렇게 달리기를 한참, 르웰린은 머리 위에서 자신을 따라오는 몇몇의 기척을 알아차렸다.

엘프 전사들이 일부러 자신들의 존재를 알려 주는 것이었다.

그것만으로도 르웰린은 큰 위안을 삼을 수 있었다.

'궁수들을 제대로 운용하려면……'

최대한 나무가 많은 쪽으로 향하는 게 나았다.

어차피 리타라는 정령 때문에 화살은 닿지 못하겠지만.

그렇게 판단을 내린 르웰린은 더욱 깊은 숲을 향해 방향을 잡았다.

나무가 빽빽해질수록 어둠이 짙어지며 길이 완전히 끊겼다.

움직이기는 더욱 힘들어졌지만 르웰린은 걸음을 멈추지 않았다.

한참 만에 그는 나무에 둘러싸인 작은 공터에 다다랐다.

새카맣던 하늘이 거짓말처럼, 탁 트인 공간에 어슴푸레한 달빛이 비쳐 들고 있었다.

 하지만 르웰린은 공터에 발을 들이기도 전 우뚝 걸음을 멈출 수밖에 없었다.

 먼저 온 손님이 있었던 것이다.

 "도망친다는 게……."

 천진하게 느껴질 정도의 맑은 목소리가 들려왔다.

 공터 한가운데에 우뚝 선 소녀가 르웰린을 향해 생글 웃었다.

 "겨우 이 정도야?"

 마치 오래 기다린 친구를 만나기라도 한 듯한 태도였다.

 텔레포트 마법을 사용할 수 있다고 하지만, 목적지를 알지 못하는 이상 그를 앞질러 와 기다리는 건 불가능한 일이었다.

 그렇다는 건 딱 한 가지 가능성밖에 없었다.

 숲은 엘프와 정령의 영역이었다.

 그리고 지클린의 곁에는 막 태어난 정령이 있었다.

 무려 다이아나의 공격을 몇 번이나 막아 낼 정도로 강한 정령이.

 그 정령의 힘이 르웰린을 지클린이 기다리는 이곳까지 친히 이끈 것이다.

 "……이런."

르웰린의 입에서 짧은 탄식이 터졌다.

피이잉!

화살이 공기를 찢는 소리에 르웰린은 퍼뜩 정신을 차렸다.

엘프 궁수들이 공격을 시작한 거였다.

하지만 마력을 휘감은 화살들은 단 하나도 지클린에게 닿지 못했다.

팅, 하는 싱거운 소리와 함께 튕겨 나간 화살들이 지클린의 발 언저리를 굴러다녔다.

지클린은 보란 듯이 발끝으로 화살을 툭툭, 걷어찼다.

"멋진걸, 리타. 역시 데리고 오길 잘했다니까?"

"……진짜 어처구니가 없네."

르웰린이 헛웃음을 터뜨렸다.

미치광이 엘프에 정신 나간 정령이라.

환상의 조합이 아닐 수 없었다.

화살에서 시선을 뗀 지클린은 고개를 들어 다시 르웰린과 시선을 맞췄다.

그녀의 입가에 개구쟁이 같은 미소가 드리웠다.

"이제 어쩔래? 아무도 도와주러 못 올 텐데. 제법 용감하게 굴긴 했지만, 진짜 발목이 묶인 쪽이 누구라고 생각해?"

장난스러운 한마디가 흘러나오는 것과 거의 동시에, 그녀가 딛고 선 지면을 중심으로 새빨간 소환진이 피어났다.

빌어먹을 무대 〈183〉

"나일까? 아니면 그쪽의 엘프 마법사랑 단장일까? 그것도 아니면 왕자님, 당신이 독 안에 든 쥐 꼴을 자처했다고 생각하지는 않아?"

소환진의 붉은빛이 지클린의 아름다운 얼굴을 기괴하게 물들였다.

앳된 낯에 비틀린 기대감이 차올랐다.

구석으로 몰아붙인 사냥감을 찢어 버리기 직전의 짐승처럼.

그녀의 바람을 이뤄 주기 위해 거대한 소환진 위에 나타난 온갖 형상의 구울들이 서서히 몸을 일으켰다.

"크르르르……."

"그륵…… 케엑……."

르웰린은 마정석을 꾹 쥐며 뒤로 몇 걸음 물러섰다.

나무 위에 있던 엘프 전사들 역시 검을 쥐고 르웰린 주변으로 합류했다.

"왕자님, 피하십시오."

엘프 전사가 몸을 긴장하며 하는 말에 르웰린이 뻣뻣하게 굳은 입꼬리를 휘었다.

"말도 안 되는 소리. 혼자 도망쳐 봤자 상황은 안 달라질걸."

당장 도망친다더라도 지클린을 따돌리는 건 불가능했다.

그녀 곁에는 사람을 현혹시키는 정령이 있으니까.

다시 구울 밭으로 끌려 들어오거나 또 다른 함정이 기다릴 게 뻔했다.

'그렇다면 차라리 여길 돌파하는 게 승산이 높아.'

르웰린은 마력을 끌어올렸다.

손에 쥔 마정석이 열기를 품으며 아티팩트가 반응했다.

주변에 스산한 바람이 일었다.

동시에 지클린이 명랑하게 외쳤다.

"저 건방진 왕자님을 찢어 죽여 버려!"

"케에에에엑!"

마치 그 명령만 기다렸다는 듯, 구울들이 르웰린을 향해 미친 듯이 달려들었다.

엘프들은 반사적으로 르웰린을 감싸며 저마다 무기를 치켜들었다.

그때.

거대한 그림자가 막 충돌하려던 양측 사이에 뛰어들었다.

"어?"

지클린의 입에서 얼빠진 소리가 튀어나왔다.

어두운 와중에도 엘프의 시력은 그 형상을 정확히 포착했다.

뾰족하게 솟은 귀, 거친 털에 수북이 덮인 근육질 상체.

체구는 보통 인간보다 서너 배 더 컸고 짐승을 닮은 손톱과 발톱은 잘 벼린 칼날처럼 날카로웠다.

살짝 벌어진 긴 주둥이에 무엇이든 찢어 버릴 수 있는 송곳니가 보였다.

쿠우웅.

육중한 소리를 내며 전장 한복판에 착지한 웨어 울프가 하늘을 향해 길게 울부짖었다.

"우…… 우우우우!"

워렌이었다.

싸움의 시작을 알린 워렌은 지척까지 다가온 적을 향해 달려들었다.

와드득.

인간형 구울의 상체를 찢어 버린 늑대는 바로 뒤에서 달려들던 곤충 구울의 목에 발톱을 박아 넣었다.

발버둥 치던 구울은 목을 물어뜯기고 심장이 뽑혀 나간 뒤에야 축 늘어졌다.

미련 없이 시신을 뱉은 워렌은 다음 표적을 향해 고개를 돌렸다.

구울의 검은 피에 푹 젖은 털이 흐릿한 달빛 아래에서 번들거렸다.

"워렌!"

르웰린의 입가에 반가움의 미소가 번졌다.

워렌은 냄새로 사람을 추적할 수 있다.

셰키나와 다이아나는 호문쿨루스를 떨쳐 낸다 하더라도, 리타의 힘 때문에 이 전장에 합류하는 게 쉽지 않을 것이다.

하지만 후각이 예민한 워렌은 달랐다.

정령의 방해에도 르웰린의 냄새를 쫓아서 여기까지 무사히 도착한 것이다.

홀로 구울들을 도륙하는 워렌을 보자 엘프 전사들 역시 퍼뜩 정신을 차렸다.

"몰아붙여!"

"예!"

검이 있는 이들은 검을 뽑았고, 궁수들은 화살을 활에 걸었다.

르웰린 하나만을 노리고서 덤벼오는 적들 탓에 제대로 자리를 잡을 여유조차 없었다.

워렌이 간신히 만들어 낸 틈을 놓쳐선 안 됐다.

르웰린 역시 수라장에 참전했다.

아티팩트의 힘을 휘감은 검이 구울의 살갗을 사정없이 찢어 놓았다.

르웰린은 검을 적의 심장에 꽂은 뒤 아티팩트를 발동했다.

"케에에엑!"

끔찍한 비명 소리 끝에 구울의 몸이 퍽 소리를 내며 터져 나갔다.

빌어먹을 무대 〈187〉

썩은 내가 풍기는 피와 살점을 뒤집어쓴 꼴이 되었지만, 지금 물불 가릴 때가 아니었다.

'조금이라도 밀리면 속수무책으로 당한다.'

갑자기 웨어 울프가 뛰어든 뜻밖의 상황이 지클린은 제법 당혹스러운 것 같았다.

그 낯짝을 본 르웰린은 확신할 수 있었다.

지금부터는 끈기 싸움이었다.

구울도 저절로 생겨나는 게 아닌 이상, 분명히 소환해 내는 데는 한계가 있는 게 분명했다.

"망할 애새끼 같으니."

르웰린은 바스러진 마정석을 미련 없이 버리고 새로운 마정석을 꺼냈다.

앞으로 남은 마정석은 세 개.

지금도 소환진에서는 구울이 쏟아져 나오고 있었다.

"누가 이기는지 한번 보자고."

어째선지 상황에 맞지 않은 웃음이 나기 시작했다.

모두가 삶과 죽음의 경계에서 오롯이 적을 퇴치하는 데에만 온몸의 감각을 쏟고 있었다.

엘프든 웨어 울프든, 인간이든 마찬가지였다.

이지가 있는지 없는지도 모를 구울조차도 다를 바 없었다.

단지 살아남기 위해 싸우는 지금 이 순간만큼은 대의고 뭐고 필요 없었다.

원래 살기 위해서는 온갖 주접을 떨어야 하는 게 바로 삶이었다.
 '신의 이름을 등에 업고 싸운다고 하지만.'
 어쩌면 신은 생각보다 먼 곳에 있을지도 모른다는 불경한 생각이 들었다.

 * * *

 꼭 거대한 짐승을 상대하는 것 같은 기분이었다.
 턱까지 차오른 숨을 가다듬으려 애쓰며 아서는 검을 다 잡았다.
 '저게 짐승이라면……'
 자신은 잡아먹히지 않으려 발버둥 치는 먹잇감처럼 느껴졌다.
 평소라면 떠올리지 않을 자조적인 생각이 자꾸만 고개를 들었다.
 이런 상황에도 흔들리지 않는 라이오스가 새삼 대단하게 보였다.
 로저와 검을 맞댄 라이오스의 새파란 눈은 여전히 한 치의 흔들림도 없었다.
 경이로운 정신력이었다.
 한 가지 위안이 되는 점이라면, 로저 역시 상태가 썩 좋아 보이지만은 않는다는 거였다.

얼굴을 가린 가면 때문에 지금 그의 표정이 어떤지는 알 수 없었다.

하지만 그의 거칠어진 호흡과 더욱 짙어진 살기까지 숨길 수는 없었다.

점점 평정심에 한계가 찾아오고 있는 것이다.

"비켜라."

가면 너머에서 음산한 목소리가 들려왔다.

"이런 더러운……."

로저의 검이 한층 더 짙은 화염에 휩싸였다.

분노를 억누르지 못한 로저가 커다랗게 외쳤다.

"더러운 빛의 종자들 같으니!"

라이오스는 위험을 감지하고 로저의 검을 옆으로 흘렸다.

몸을 굴려 거리를 벌린 순간.

콰아앙!

간발의 차이로 거센 폭발이 주변을 휩쓸었다.

"이런 썩을!"

서리 어린 손길을 발동한 아렌트가 욕을 내뱉으며 교대하듯 뛰어들었다.

로저 주변으로 옮겨붙은 불길 위에 서리가 앉으며 업화가 잠시 주춤했다.

덕분에 아서와 리히트가 불덩어리가 되는 꼴은 면했지만, 단지 그뿐이었다.

로저의 노성이 다시 한번 터져 나왔다.

"방해하지 마라, 애송이!"

화염에 휩싸인 검이 아렌트를 두 동강 낼 기세로 날아들었다.

정면으로 받아 내면 죽거나 크게 다칠 게 분명했다.

벌떡 몸을 일으킨 라이오스가 팔을 뻗어 아렌트를 자신 쪽으로 끌어당겼다.

아슬아슬하게 스쳐 지나간 검이 향한 곳은 지하 계단으로 향하는 입구였다.

콰아앙!

엄청난 폭음과 함께 이미 몇 번의 공격으로 너덜너덜해졌던 철문이 완전히 파괴되어 버렸다.

뻥 뚫린 문 너머로 어둠에 잠긴 계단이 보였다.

로저는 아무런 주저 없이 성큼 그쪽을 향해 발을 옮겼다.

"저 망할 새끼가!"

아서가 이를 악물고 검을 고쳐 쥐었다.

리히트 역시 발 빠르게 움직였다.

하지만 그것도 무용지물이었다.

몸을 홱 돌린 로저가 두 사람을 향해 검을 크게 횡으로 그었다.

"……!"

아슬아슬하게 막아 내는 데는 성공했지만, 두 사람은

동시에 나가떨어지고 말았다.

벽에 강하게 부딪힌 아서와 리히트는 한동안 몸을 일으키지 못했다.

로저는 뒤도 돌아보지 않고 어두운 계단을 향해 돌진했다.

"아서, 리히트!"

라이오스가 잠시 두 사람을 돌아보는 사이, 아렌트가 먼저 로저의 뒤를 추격했다.

나선형 계단에 요란한 발소리가 가득 찼다.

뒤에서 들려오는 기척은 무시한 채 로저는 그저 앞만 보고 계단 깊은 지하로 향했다.

알고 있었다.

지하로 몰린다면 목숨이 위험해지는 것은 로저 자신이었다.

도망칠 곳도 없고, 외부 병력이 혹여나 합류라도 해 온다면 지금 상태로 온전히 다 감당하기란 힘들 것이다.

아까부터 성물도 남발하며 사용했으니 유사시에 텔레포트를 무사히 시전할 수 있을지도 의문이었다.

하지만 상관없었다.

'성검과 영웅. 그리고 견습 기사.'

그 셋을 길동무 삼을 수 있다면 자신의 알량한 목숨 따위는 버려도 상관없었다.

탈출할 수 없다면 이곳에서 죽는다.

마지막 한 톨의 힘까지 쏟아붓는다면 그들과 함께 자신과 업화의 축복마저도 한 줌의 재로 만들 수 있을 터.

나쁘지 않은 최후였다.

이미 이성은 마비된 지 오래였다.

남은 것은 그저 파괴해야 할 대상에 대한 집착과 분노, 그리고 체르니온을 향한 깊은 숭배뿐이었다.

하지만 계단을 절반쯤 내려왔을 때, 머리 위에서 느껴진 불온한 기척에 로저는 발걸음을 멈췄다.

"……."

쩍, 쩌적.

뭔가가 갈라지는 소리와 함께 후두둑, 돌가루가 쏟아졌다.

그리고 잠시 후.

와지끈! 쿵!

코앞의 천장이 예고 없이 무너져 내렸다.

엄청난 폭음과 함께 짙은 먼지가 피어올랐다.

그 속에서 라이오스가 천천히 몸을 일으켰다.

엉망이 된 몰골이었다.

상처에 파편이 엉겨 붙고 돌가루를 뒤집어쓴 그에게서 단정하던 평소의 모습은 전혀 찾아볼 수 없었다.

하지만 유난히도 새파란 눈동자는 여전히 처음처럼 올곧기만 했다.

오히려 그 점이 더욱 섬뜩했다.

투지에 취했던 로저마저도 한순간 멍해지고 말았다.

"보내지 않는다."

라이오스가 차분하게 말하는 것과 동시에, 등 뒤에서 한기가 느껴졌다.

서리 어린 손길의 힘을 끌어올린 아렌트였다.

"사람 귀찮게 하고 있어."

견습 기사의 짜증스러운 목소리는 현실감 없을 정도로 차분했다.

아렌트의 발치에 새하얀 서리가 내려앉고 있었다.

로저는 점점 더 참을 수가 없어졌다.

이기적인 빛의 은총 아래에서 편안하게만 살아온 이들이, 어둠을 모시는 자신을 감히 악당 취급한다는 것이 역겨워서 속이 뒤집어질 것만 같았다.

검을 그러쥔 로저의 입에서 비명 같은 포효가 터져 나왔다.

"어둠의 행차를, 감히, 감히 네깟 것들이 방해하지 마라!"

새카만 신성력이 짙게 피어오르며 로저를 그대로 집어삼켜 버렸다.

짐승처럼 울부짖은 로저는 그대로 라이오스를 향해 달려들었다.

라이오스가 그를 막아섰지만, 막무가내로 돌진해 오는 로저와 함께 무게 중심을 잃어버리고 뒤로 고꾸라지고 말았다.

 콰앙, 쿵!

 얽히고설킨 두 사람이 계단 아래로 함께 굴러떨어졌다.

 라이오스의 머리가 지면에 강하게 부딪치며 두 사람은 간신히 멈춰 섰다.

 기사단장을 깔아뭉갠 채 로저가 검을 치켜들었다.

 "이 더러운 종자가!"

 "……!"

 위험을 감지한 라이오스가 상체를 틀었다.

 콰드득!

 로저의 검이 라이오스의 머리가 있던 자리에 파고들었다.

 라이오스는 주먹을 들어 로저의 얼굴을 강하게 후려쳤다.

 뼈가 부러지는 것 같은 소리와 함께 로저가 라이오스의 위에서 굴러떨어졌다.

 그제야 로저에게서 풀려난 라이오스는 검을 제대로 쥘 수 있었다.

 하지만 그가 몸을 추스르기도 전, 로저가 다시 매섭게 달려들었다.

 지옥불 같은 업화가 로저의 검을 휘감았다.

 "칫……!"

막 라이오스가 방어 태세를 취하려는 찰나, 새하얀 서리가 그의 눈앞을 휩쓸었다.

콰아아앙!

어느새 아렌트가 라이오스와 로저 사이에 끼어든 것이다.

주변을 얼어붙게 만드는 냉기에 로저의 화염이 주춤했다.

하지만 그것도 잠시뿐이었다.

검을 옆으로 흘려 버린 아렌트가 몸을 뒤로 뺐다.

그리고 다시 라이오스가 아렌트의 자리를 채웠다.

카아앙!

두 사람의 검이 다시금 정면으로 맞부딪쳤다.

라이오스가 뒤로 물러선 아렌트를 향해 외쳤다.

"무리하지 마라!"

"안 하게 생겼냐고요, 지금! ……콜록!"

신경질을 가득 담아 외치던 아렌트가 잔기침을 뱉었다.

입을 틀어막은 손 사이로 붉은 선혈이 흘러내렸다.

아렌트 역시 슬슬 한계에 이른 것이다.

이를 으득 악문 라이오스가 로저를 강하게 밀어붙이기 시작했다.

그답지 않게 성급한 움직임에서 채 감추지 못한 초조함이 묻어나고 있었다.

'내가 온전히 이자를 감당할 수 있었더라면······.'

부하들에게 이 정도로 부담을 줄 일이 없었을지도 모른다.

지친 몸과 마음에서 저도 모르게 그런 생각이 고개를 들었다.

이곳은 루체의 성전이었다.

영웅 칸의 시대부터 칼리온 제국이 대대로 지켜 온 신앙의 증거임과 동시에, 루체 신이 그들을 수호한다는 약속의 상징이기도 했다.

그런 곳을 지키기 위해 제 부하들이 피를 흘리고 있었다.

분명 영광스러운 일이었다.

목숨을 잃는다 하더라도 자신을 비롯하여 기사, 엘프들 누구 하나 후회하거나 원망하지 않을 거라는 확신도 있었다.

그러나 라이오스는 불경하게도 욕심을 부리고 싶어졌다.

'모든 일이 루체 님의 안배인 것을 압니다. 그러나······.'

고통받거나 대가를 치르는 것은 혼자만으로 충분했다.

자신의 사람들에게 명예로운 전투나 장엄한 죽음 따위는 필요 없었다.

단지 지금까지 루체에 대한 신의를 지킨 것이 무의미하지 않길, 부디 이 순간을 굽어살핀 루체가 라이오스 자신을 제외한 모두에게 평안을 가져다주길 원했다.

그들이 짊어져야 할 몫이 있다면 혼자 대신 감당할 테니.

마치 신에게 대가를 바라는 듯한 기도를, 라이오스는 감히 전투가 벌어지기 이전부터 마음속 깊이 품고 있었던 것이다.

* * *

"······."

눈앞의 광경에 진은 할 말을 잃어버리고 말았다.

소환진은 여전히 빛을 발하고 있었지만, 더 이상 구울은 나타나지 않았다.

해당 소환진에 얽매인 구울들이 모두 소진된 것이다.

산산조각 난 구울의 잔해들이 숲의 공터를 가득 채웠다.

피 썩은 냄새가 가득했다.

"이게 무슨······."

지클린이 망연하게 중얼거렸다.

적을 모두 소탕했지만, 말 한 마디 내뱉을 힘도 남지 않은 것은 르웰린 일행 역시 마찬가지였다.

피에 젖은 늑대는 마력을 거의 다 소진한 탓에 체구가 현저히 줄어든 채였다.

그마저도 이곳저곳에 상처가 가득해 성한 곳을 찾기가 어려울 지경이었다.

엘프 중 두 사람은 의식을 잃은 채 간신히 숨만 붙어 있었다.

두 발로 버티고 선 이들도 멀쩡하다고는 결코 말할 수 없는 모습이었다.

르웰린은 거칠게 숨을 몰아쉬며 그 참상을 가만히 바라보았다.

"헉, 허억……."

마정석이 다 떨어진 지는 오래되었다.

억지로 마력을 끌어다 쓴 탓에 아까부터 속 깊은 곳에서 핏덩어리가 치솟아 올랐다.

게다가 구울들에게 입은 상처 역시 가볍지 않았다.

당장 쓰러지지 않으려 애를 쓰는 것이 지금 르웰린이 할 수 있는 최선이었다.

자꾸 흐려지려는 시야를 다잡으며 그는 진을 똑바로 노려보았다.

"……끝났냐?"

르웰린이 피가래 섞인 목소리로 이죽거렸다.

진은 아무런 대답도 하지 않았다.

"콜록, 다 했냐고 묻잖아, 망할 새끼야."

잔기침에 피가 섞여 튀어나왔다.

르웰린은 피투성이가 된 다리를 질질 끌며 진에게 비척

비척 다가갔다.

"진짜, 이 징한……."

질린 표정을 지으며 지클린이 뒤로 물러섰다.

더 이상 쏟아 낼 것이 없는 소환진은 서서히 사그라들고 있었다.

다시 숲속 공터에 어둠이 찾아왔다.

흐린 달빛이 얇은 천처럼 처참한 현장을 한 꺼풀 덮었다.

"하……."

르웰린은 천천히 숨을 몰아쉬었다.

당장이라도 기절할 것 같았지만 어떻게든 정신을 다잡았다.

'……아직 끝난 게 아니야.'

르웰린은 눈앞의 적을 바라보았다.

지클린은 강한 갈등에 사로잡힌 것 같았다.

아티팩트가 바로 눈앞에 있다.

심지어 그 소유주는 당장 숨이 끊어지기 직전.

그러나 아직 웨어 울프가 눈을 새파랗게 뜨고 그녀를 견제하고 있었다.

지클린의 입장에서는 이대로 물러서기는 아깝지만, 함부로 움직이기도 힘든 상황이었다.

'지클린의 정령은…….'

혼미한 머릿속으로도 르웰린은 차분히 생각을 정리했다.

리타의 힘은 현혹과 방어에 치중되어 있는 것 같았다.

그 증거로, 리타는 단 한 번도 직접 공격을 가하거나 전투에 적극적으로 개입하지 않았다.

단지 지클린을 보호하거나 공격을 막아 내는 것으로 그친 것이다.

르웰린은 미간을 구겼다.

이마를 타고 흐르는 피가 자꾸만 시야를 방해했다.

하지만 그는 이내 확신했다.

지클린은 직접 싸울 수 없다.

입을 꾹 다물고 있던 르웰린이 이내 비릿한 미소를 걸었다.

아까보다 선명한 목소리가 흘러나왔다.

"재롱 다 부렸으면 이만 꺼져. 이건 못 돌려주겠으니까."

르웰린은 옷깃 속에서 아티팩트 목걸이를 슬쩍 들어 지클린에게 보여 주었다.

"원래 주운 사람이 임잔 거 몰라? 아, 처음 주운 사람은 내가 아니지만 어쨌든 선물받은 거니까…… 대충 그런 걸로 치고."

"네가 감히……!"

지클린이 이를 으득 물며 앞으로 한 걸음 성큼 나섰다.

하지만 워렌이 이를 드러내고 으르렁거리는 바람에 반사적으로 멈칫했다.

목걸이를 놓은 르웰린이 피식 웃었다.

"지금 상황 파악이 안 되나 본데…… 콜록!"

바닥에 피를 한 움큼 뱉어 낸 르웰린이 엉망이 된 입가를 소매로 대충 닦고서 덧붙였다.

"지금…… 목숨 구걸해야 할 쪽이 누군 것 같냐?"

지클린이 황당한 웃음을 터뜨렸다.

"하, 다 죽어 가는 게 말은 잘하네. 설마 나더러 목숨을 구걸하라고? 내가 왜?"

"지금 당장 도망치는 것 외에, 네가 뭘 할 수 있는데?"

그러나 르웰린 역시 물러서지 않았다.

그는 숨을 몰아쉬며 지클린을 똑바로 노려보았다.

"그 잘난 정령으로 다 몰살시키고 되찾아 가 봐. 아까부터 줄기차게 저 망할 시체들만 불러내는 걸 보아하니, 역시 직접 싸울 줄은 모르는 거 아니야?"

정곡을 찔린 지클린의 얼굴이 얼어붙었다.

워렌이 성큼성큼 움직여 르웰린의 곁에 붙어 섰다.

지클린이 조금이라도 움직인다면 바로 그녀의 목을 물어뜯기 위해서였다.

구울 시체로 가득 찬 공터에 다시금 긴장감이 감돌기 시작했다.

르웰린이 다시 입을 열었다.

"아니면 뭐, 계속해 볼까? 누가 먼저 지쳐서 나가떨어지는지? 우리가 다 쓰러질 때까지 그 빌어먹을 정령만으로 버텨 보던가. 그것도 재밌겠네."

르웰린 자신도 자각하고 있었다.

그는 지금 허세를 부리는 중이었다.

자신은 이미 한계에 다다른 지 오래였고, 엘프 전사들도 마찬가지였다.

결국 워렌에게 의지해야 한다는 뜻인데, 그 역시 상당히 지친 상태였다.

여기에서 다시 싸움이 벌어진다면 워렌도 얼마나 더 버틸 수 있을지 장담할 수 없었다.

'어쩌면……'

지클린에게 아티팩트를 넘겨주고 돌아가라 요구하는 게 나을지도 몰랐다.

하지만 르웰린은 곧 생각을 바꿨다.

지금 상황에서 아티팩트를 건네주는 건 멍청한 짓이었다.

적에게 칼자루를 쥐어 주고 맨몸으로 그 앞에 서는 것과 다를 바 없는 일일 테니까.

'어떻게 하지?'

큰소리를 쳐 댔지만 별도리가 없는 건 르웰린 역시 마찬가지였다.

초조함을 숨기려 그는 검을 몇 번이고 다잡았다.

이대로 싸운다 하더라도 승산은 희박하다.

그리고 지클린은 협상이 가능한 상대가 아니었다.

피비린내가 뒤섞인 스산한 공기가 주변을 감돌던 그때.

불현듯 지클린이 고개를 들었다.

"어?"

갑작스러운 움직임에 모두가 긴장했다.

지클린의 시선은 새카만 어둠에 뒤덮인 밤하늘에 고정되어 있었다.

'뭐지?'

그녀의 모습에서 르웰린은 위화감을 느꼈다.

살기등등하던 기세가 한순간에 사라지고, 엘프 소녀의 앳된 얼굴에 남은 것은 당혹스러움뿐이었다.

잠시 후.

마치 봐서는 안 될 것이라도 목격한 듯, 지클린이 눈을 크게 떴다.

진의 입술 사이에서 황망한 목소리가 흘러나왔다.

"설마……."

* * *

'더러운 신성력이 느껴진다.'

감각이 이성을 마비시킨 바로 지금, 로저는 생생하게 감지할 수 있었다.

욕지기가 치밀어 오를 정도로 역겹고 불쾌한 신성력이

마치 알을 깨고 나오려는 것처럼 꿈틀대고 있었다.

그 원인도 어렵지 않게 짐작할 수 있었다.

"이……."

반쯤 깨진 가면 아래에서 로저가 이를 으득, 악물었다.

거친 숨을 몰아쉬는 기사단장의 새파란 눈동자에도 점차 열기가 차오르는 것이 보였다.

라이오스 드 윈프리드는 뼈가 드러날 정도의 부상도 전혀 신경 쓰지 않고서 살기를 고스란히 드러내고 있었다.

피를 뚝뚝 쏟아 내면서도 그것을 차마 인지하지도 못하는 꼴이 마치 지금 로저의 모습과도 조금 닮아 있었다.

'눈치채지 못했나?'

라이오스는 아직 이 작은 이변을 알아차리지 못한 것 같았다.

이 현상을 설명할 방법은 딱 하나밖에 없었다.

한계에 다다른 라이오스가 기도했고, 루체가 거기에 응답한 거였다.

'아니, 아직이다.'

하지만 로저는 곧 생각을 바꿨다.

욕심 많은 빛이 아직 만족하지 못한 것 같다는 직감이 들었다.

어쩌면 지금이 영웅의 탄생을 막을 마지막 기회일지도 몰랐다.

열기와 살기만으로 가득 찼던 머릿속이 일순간 차갑게

가라앉았다.

"……영원한 어둠이시여."

라이오스의 등 뒤가 바로 보관실로 통하는 문이었다.

아름다운 루체 신의 모습이 양각으로 새겨진 철문 너머에 성검이 있었다.

"이들의 죄를 용서치 마시길."

터진 입술이 음산한 기도를 읊었다.

한층 더 강한 화염이 로저의 주변을 휩쓸었다.

'뭐야?'

아렌트는 한 박자 늦게 이변을 알아차렸다.

로저에게 사정없이 달려드는 라이오스의 기색이 어쩐지 이상했다.

어디가 잘못된 건지 당장 판별하기는 힘들었다.

지금껏 없었던 격한 전투가 벌어지는 와중에, 작은 위화감 정도에 정신을 팔 수는 없었으니까.

하지만 시간이 지날수록 아렌트는 상황 자체에서 부자연스러움을 느꼈다.

'뭔가가…….'

눈앞으로 날아든 로저의 공격을 쳐 낸 아렌트는 다음 순간 제 앞을 막아선 라이오스의 등에 멈칫하고 말았다.

라이오스의 입에서 거친 호흡이 흘러나왔다.

누가 봐도 힘에 버거워하는 모습이었다.

하지만 라이오스는 멈추지 않고 로저를 몰아세웠다.

마치 아렌트에게 로저의 검이 조금이라도 닿을까 두려워하는 사람 같았다.
'뭔가 이상해.'
 아렌트는 한 발 물러서서 두 사람의 대치를 지켜보았다.
 어째서인지 배알이 뒤틀렸다.
 곤두선 신경이 마음속에서 경종을 보내고 있었다.
 한눈팔 상황이 아님은 누구보다도 잘 알고 있었지만, 지금 당장 마음에 걸리는 문제의 정체를 알아내야 할 것 같았다.
 그렇지 않으면 돌이킬 수 없는 일이 벌어질 듯한 예감이 들었다.
 한층 더 격해진 두 사람의 전투는 마치 거대한 괴물 두 마리가 서로를 잡아먹으려 뒤엉켜 싸우는 것처럼 보였다.
 라이오스의 성난 공격에 로저의 불꽃도 한결 주춤하는 것 같았다.
 적을 한가득 담아낸 푸른 눈동자에서 평소의 차분함이 아니라 채 감추지 못한 초조함이 느껴졌다.
 그래서일까, 참격 하나하나는 여느 때보다 더욱 힘이 실려 있었지만 오히려 라이오스가 위태롭게 보이는 착각이 들었다.
'저 사람답지 않……..'
 그러나 아렌트는 곧 제 생각이 틀렸다는 사실을 깨달았다.

'아니야.'

격렬하게 움직이는 라이오스를 지켜보는 아렌트의 얼굴이 딱딱하게 굳었다.

마치 얼음 속에 불길이 일렁이는 듯한 새파란 눈동자, 적의를 고스란히 드러내는 검, 그리고 자신의 모자람에 탄식하며 스스로에게 분노하는 듯한 맹렬함.

낯선 모습이 아니었다.

한동안 잊고 있었던 것뿐이지.

저건 '성검의 푸른 기사'에서 부하를 여럿 잃고 절망한 라이오스의 모습과 닮아 있었다.

"……왜?"

아렌트의 입에서 당황한 목소리가 흘러나왔다.

아직 라이오스는 누구도 잃어버리지 않았다.

호된 시련이 없었기에 '성검의 푸른 기사'에서만큼 강한 힘을 얻지는 못했다.

대신 그는 지금껏 상당히 안정된 상태였다.

당연한 일이었다.

지금껏 아렌트가 한 고생은 절반 이상이 그걸 위해서였다고 해도 과언이 아니었으니까.

그래서 아렌트는 갑자기 그가 동요한 까닭을 이해할 수가 없었다.

'로저 때문인가?'

아렌트의 시선이 자연스레 로저에게 닿았다.

반쯤 깨진 가면 아래에 로저의 앙다문 턱이 보였다.

신성력에 잡아먹혀 야수처럼 돌변했던 로저는 라이오스의 이변을 기점으로 오히려 한결 차분해진 듯 보였다.

그러나 라이오스는 고작 자신이 감당하기 힘든 적 앞에서 위축될 사람이 아니었다.

드래곤 렉시온이 제 부하들에게 공격성을 드러냈다는 이유로, 한 치의 망설임도 없이 검을 뽑아 들었던 게 라이오스였으니까.

'뭐가 됐든 위험해.'

아렌트는 검을 꽉 쥐었다.

차라리 성검을 잃는 한이 있더라도 이 흐름을 끊어야 한다는 직감이 들었다.

서리 어린 손길을 강하게 발동하려 했다.

하지만 그때, 목을 타고 뜨거운 뭔가가 치솟아 올랐다.

"쿨럭, 쿨럭!"

억누르지 못한 기침과 함께 울컥 한 움큼의 피가 쏟아졌다.

갑자기 눈앞이 새하얘지고 머리가 빙글빙글 돌았다.

"빌어먹을, 쿨럭, 콜록!"

입을 틀어막아 봤지만 그것도 소용없었다.

당장 고꾸라지지 않기 위해 애쓰는 것만 해도 최선이었다.

라이오스에게 정신이 팔린 나머지 자신의 상태를 제대로 인지하지 못했던 거였다.

'안 돼.'

아렌트는 억지로 정신을 다잡으며 움직이지 않으려는 몸을 채찍질했다.

'움직여, 이 새끼야.'

아직은 뻗을 때가 아니었다.

나중에 어떤 꼴이 되더라도, 지금은 그가 수행해야 할 역할이 있었다.

아렌트는 억지로 바닥난 마력을 운용했다.

그의 검에 간신히 새하얀 서리가 맺히기 시작했다.

바로 그때, 로저에게 온 신경을 집중하던 라이오스가 별안간 고함쳤다.

"그 자리에 있어라!"

"웃기지 마세요, 지금 그런 여유로운 소릴 할 때가……."

억지로 쥐어짜 낸 신경질적인 목소리로 대꾸하며 아렌트는 한 걸음을 내디뎠다.

"이건 네 몫이 아니다."

하지만 이어진 라이오스의 싸늘한 말에, 금방이라도 전장에 뛰어들려던 아렌트의 발이 그 자리에서 멈칫했다.

* * *

익숙한 냉기가 느껴지자 라이오스는 반사적으로 외쳤다.

솔직히 고집 센 견습 기사가 제 말을 순순히 따를 거라고는 생각하지 못했다.

하지만 아렌트는 의외로 그 자리에서 우뚝 움직임을 멈췄다.

라이오스는 견습 기사가 자신을 어떤 눈으로 바라보고 있는지도 채 알아차리지 못했다.

그저 서리 어린 손길의 기운이 사라졌다는 데 만족했을 뿐이었다.

하지만 일순 방심한 순간, 눈앞에서 강한 화염이 폭발했다.

"……!"

천장까지 치솟은 불길이 라이오스를 덮쳤다.

라이오스가 급히 그에게서 거리를 벌렸다.

로저는 그 잠깐의 틈을 놓치지 않았다.

화염에 휩싸인 검이 보관실의 문을 크게 내려쳤다.

콰아아앙!

마치 천둥이 내려친 것 같은 울림이 지하 공간을 크게 뒤흔들었다.

갈라진 천장에서 후드득 파편이 쏟아졌다.

퍼뜩 고개를 든 라이오스는 로저가 보관실로 뛰어드는 것을 발견했다.

"젠장!"

당장 몸을 일으켜 그의 뒤를 쫓으려던 라이오스는 다리

에 힘이 풀려 휘청이고 말았다.

하지만 라이오스는 검을 지지대 삼아 억지로 버티고 서서 로저의 뒤를 추격하기 시작했다.

지금껏 대신관 이외에는 단 한 사람도 발을 들인 적 없던 신성한 공간이었다.

곳곳에 빛 마법이 걸린 채 설치된 장식물들 덕분에 지하 깊은 곳이지만 전혀 어둡지 않았다.

넓은 보관실에는 자애롭게 미소 짓는 루체 신의 신상과, 그 앞의 제단에 꽂힌 검 한 자루가 고요히 자리를 지키고 있었다.

오랫동안 새로운 주인을 기다려 온 바로 그 성검이었다.

먼지 한 톨 없이 깨끗한 대리석 위에 로저의 피가 뚝뚝 떨어져 번졌다.

"헉…… 허억……."

거친 숨소리가 핏방울과 함께 흘러나왔다.

방금의 일격으로 로저 역시 마지막 힘까지 소진한 상태였다.

넝마가 된 몸을 억지로 움직여 로저는 조금씩 성검 쪽으로 다가갔다.

그러나 그는 몇 걸음 가지 못해 뒤에서 날아드는 매서운 공격에 발이 묶이고 말았다.

콰드득!

끈질기게 달라붙은 일격이 로저의 발 바로 옆 대리석을 갈라놓았다.

로저는 눈동자만을 움직여 뒤를 확인했다.

가까스로 두 발로 버티고 선 라이오스가 새파란 눈동자로 그를 노려보고 있었다.

"거기 멈춰라."

"……."

그를 조용히 응시하며, 로저는 다시 검을 들었다.

"결판을 낼 시간이군."

스릉, 보관실을 감싼 은은한 빛이 엉망이 된 검면에 깃들었다.

잠깐 몸을 뻣뻣하게 굳혔던 라이오스가 이내 섬전처럼 달려들었다.

카아앙!

두 자루의 검이 날카로운 소리를 내며 충돌했다.

잠깐 휘청이며 뒤로 물러섰던 라이오스는 마지막 마력을 끌어내 검기를 일으켰다.

로저 역시 긴 소매 안에서 로사리오, '업화의 축복'을 일깨웠다.

순도 높은 화염이 로저를 호위하듯 타올랐다.

먼저 움직인 쪽은 라이오스였다.

마치 세상에 단 두 사람과 성검만이 남은 것 같았다.

악전고투에 가까운 몸싸움이 이어졌다.

두 사람의 검이 맞부딪칠 때마다 마치 야수가 울부짖는 것 같은 울림이 텅 빈 공간을 뒤흔들었다.

서로의 피비린내와 거친 숨, 그리고 꺼져 가는 기력이 뒤섞이며 이 제국에서 가장 신성한 곳을 더럽혔다.

"큭……!"

몇 번의 합 끝에 결국 라이오스가 한 걸음 밀려났다.

로저는 마지막 힘을 쥐어 짜내어 영웅의 운명을 타고난 기사단장을 조금씩 몰아붙였다.

반쯤 불타 박살 난 입구에서부터 새하얀 대리석 바닥 위로 두 사람의 피와 상흔으로 이어진 길이 만들어졌다.

그 끝에는 고요히 잠든 성검과 모두를 인자하게 굽어보는 루체 신의 신상이 있었다.

점점 그들은 루체 신상과 성검에 가까워지고 있었다.

로저의 입에서 피 끓는 목소리가 흘러나왔다.

"지금…… 지금 이 자리에서, 포기하더라도, 아무도 그대를 원망치 않을 것이다."

"그러나, 허억, 나는."

라이오스 역시 금방이라도 끊어질 것 같은 목소리로 답했다.

"영원히, 스스로를 용서하지 못하겠지."

검을 쥔 손아귀에 힘이 꽉 들어갔다.

지혈이 전혀 되지 않은 상처에서 피가 후드득 쏟아졌다.

자꾸만 흐려지려는 시야를 다잡으려 라이오스는 인상을 썼다.

로저는 가면으로 반쯤 가린 얼굴로 가만히 라이오스를 응시했다.

가면을 타고 흘러내린 피가 뚝, 뚝, 바닥에 붉은 원을 그렸다.

"그렇군."

잠시 후, 로저가 천천히 고개를 끄덕였다.

"……나 역시 그럴 것이다."

한 점 거짓 없는 진실한 대답이었다.

방금까지 느껴지던 열기와 광기는 어느샌가 모습을 감추고, 담담한 음성에서는 상대에 대한 존중까지 느껴질 지경이었다.

"그렇다면 역시, 그대는 이 자리에서 죽어라."

로저의 너덜대는 로브 끝자락이 살짝 나풀대더니 순식간에 그의 신형이 사라졌다.

라이오스가 눈을 크게 떴다.

다음 순간, 로저는 바로 그의 코앞에서 불쑥 모습을 드러냈다.

"영웅다운 최후를 맞이하도록."

이곳에서 도주하는 것을 완전히 포기하고, 한순간 텔레포트 마법을 사용한 것이다.

"……!"

카아앙!

목을 노리고 날아든 검을, 라이오스는 가까스로 쳐 낼 수 있었다.

하지만 그게 마지막이었다.

혹사당한 검은 로저의 일격을 막아 내는 순간 뚝 부러지고 말았다.

챙그랑.

튕겨 나간 검날이 차가운 소리를 내며 힘없이 바닥에 나동그라졌다.

강한 힘에 밀려난 로저는 잠시 비틀대다 이내 다시 중심을 잡고 라이오스를 향해 한 발을 내디뎠다.

더 이상 업화의 축복을 발동할 수도 없었다.

그러나 로저 역시 아쉽지는 않았다.

'처음엔 다 함께 잿더미로 화할 생각이었지만…….'

숨이 다한 영웅을 처단하는 데는 어쩌면 순결한 검이 가장 잘 어울릴 것이다.

자신이 생포당해 치욕을 당하더라도, 영웅에 걸맞은 이 자에게는 명예로운 죽음을 선사하고 싶었다.

로저가 담담히 내뱉었다.

"끝이다."

새하얗게 빛을 반사한 검이 천장을 향해 높이 솟아올랐다.

라이오스는 자신을 향해 떨어지는 검을 멍하니 바라보

앉다.
 어쩐지 현실감이 느껴지지 않았다.
 피하는 것도 불가능한 거리였다.
 무기를 잃었으니, 더 이상 막아설 수도 없었다.
 '아.'
 끝까지 적에게 맞선 용감한 자에게만 주어지는 '명예로운 죽음'이 코앞에 닥쳐온 순간이었다.
 그러나 검이 무자비하게 누군가의 살을 갈랐을 때, 라이오스의 푸른 눈동자에 새겨진 것은 죽음의 영광 따위가 아니었다.
 어느새 앞을 막고 선 견습 기사의 결코 넓다고는 말하지 못할 등이었다.
 "……!"
 상황을 제대로 인지하지 못한 라이오스의 동공이 천천히 커졌다.
 뜨거운 피가 **뺨**에 튄 것이 뒤늦게 느껴졌다.
 로저 역시 이런 일은 예상치 못한 듯, 가면 뒤에서 눈을 크게 떴다.
 "컥……."
 아렌트의 입에서 울컥 피가 쏟아졌다.
 그러잖아도 엉망이 되었던 연푸른 제복이 **빠른 속도로** 붉게 물들었다.
 아렌트의 심장을 가른 검 끝에서 채 식지 않은 피가

뚝, 뚝 떨어졌다.

로저는 미처 검을 거둘 생각조차 하지 못하고 그대로 굳어 버렸다.

"……."

황금색 눈동자에서 순식간에 빛이 꺼졌다.

잔인한 침묵의 끝에서 아렌트는 짧은 신음조차 남기지 않고 천천히 그 자리에서 허물어졌다.

마치 제 쓸모를 다해 버려진 인형처럼.

지독한 정적이 흘렀다.

머릿속이 새하얗게 탈색됐다.

쓰러지는 아렌트를 무심결에 받아 내며 함께 그 자리에 주저앉으면서도, 라이오스는 아무런 행동도 할 수 없었다.

막 정신을 차리고 달려온 아서와 리히트 역시 보관실의 입구에서 그대로 얼어붙어 버렸다.

"이게…… 무슨……."

입술을 달싹이면서도 아서는 제가 무슨 말을 중얼거렸는지도 채 자각하지 못했다.

단장의 품에 쓰러진 견습 기사에게서는 조금의 생명력도 느껴지지 않았다.

그러나 숨이 끊어진 것은 단장 역시 마찬가지인 것 같았다.

자신의 죽음을 목도한 사람 같은 눈으로, 라이오스는

넋을 놓고 아렌트를 내려다보았다.

얼굴과 손에 묻은 피가 지나치게 뜨거웠다.

아렌트의 것이었다.

지금 이 순간에도 아렌트의 몸에서 샘솟는 피는 멎을 생각을 하지 않고 라이오스의 옷을 적시고 있었다.

"……."

라이오스는 무심코 견습 기사의 뺨을 쓸어 보았다.

뜨거운 피와 별개로 빠르게 체온이 식어 가고 있었다.

두 사람을 내려다보며 로저가 담담하게 말했다.

"……고결한 희생이군. 경의를 표하지."

그 목소리에 라이오스는 고개를 들었다.

어느새 로저는 라이오스까지 베어 내기 위해 천천히 검을 치켜들고 있었다.

라이오스는 부러진 검을 꽉 쥐었다.

하지만 더 이상 움직일 수 없었다.

움직이고 싶지도 않았다.

'이것이 의미가 있나?'

필요하다면 자신이 다 짊어지겠다고, 루체 신에게 간절히 기도했다.

고결한 희생.

라이오스가 방금까지 자신의 몫이라 믿어 의심치 않았던 거였다.

한편으로는 아렌트가 입버릇처럼 개죽음일 뿐이라며

투덜대던 것이기도 했다.

그러나 결국 지금 쓰러진 것은 아렌트였고, 그의 희생으로 라이오스는 목숨을 부지했다.

"……."

절망 속에서 강한 회의감이 들었다.

지금껏 입으로는 험한 욕설을 떠들어 대면서도 온갖 거친 일을 도맡아 한 게 아렌트였다.

언제나 멋대로 튀어 나가 일을 저질렀다고는 하지만, 그게 정말 그만의 의지였을까.

애초에 자신이 좀 더 유능하고 강했더라면 벌어지지 않았을 일이었다.

'이것이 옳은가?'

지금 이 순간 그의 머릿속에 가득 찬 것은 끝끝내 답이 나오지 않을 의문뿐이었다.

지금껏 루체 신에게 바쳤던 기도가 과연 의미 있는 일이었을까.

아니면 이조차도 그의 안배인 것인가.

하지만 무엇을 위해서?

결론을 내리지 못한 라이오스는 자신을 향해 떨어지는 검을 멍청히 바라보았다.

"단장님!"

리히트의 비명 소리가 들려왔지만 그조차도 라이오스에게는 제대로 닿지 않았다.

뭘 어떻게 해야 할지 알 수 없었다.

그때, 부드러운 손길이 그의 어깨를 뒤에서 가볍게 끌어안았다.

― 두려워하지 말아라.

알 수 없는 목소리가 귓가에 파고들었다.
마치 햇살 같은 온기가 라이오스의 전신을 감싸 안았다.
어린아이를 달래는 듯한 목소리로 신이 자신의 영웅에게 속삭였다.

― 내가 너와 함께한단다.

* * *

눈을 떠 보니 무대 위에 혼자 서 있었다.
그는 의아하게 눈을 깜빡였다.
"……."
아무도 없는 객석이 기이할 정도의 어둠에 잠겨 있었다.
그에 반해 무대는 지나치게 밝았다.
조명이란 조명은 모조리 밝혀진 채 그를 똑바로 비추고

있었다.

무심코 고개를 돌린 그는 바로 몇 걸음 떨어지지 않은 곳에 조명 하나가 산산조각 나 있는 걸 발견했다.

아무래도 위에 매달려 있던 게 무대로 추락한 것 같았다.

"……뭐야?"

저도 모르게 황망히 중얼거리던 그는, 문득 무대 안쪽에 거대한 거울이 설치되어 있다는 걸 알아차렸다.

그곳에 한 남자의 모습이 비쳤다.

차분한, 하지만 음울한 인상의 남자가 보였다.

제법 큰 키에 호리호리한 몸은 의상이 보기 좋게 잘 맞는다며 단원들이 흐뭇해하던 모습 그대로였다.

옷은 연습 때 즐겨 입던 헐렁한 티셔츠와 바지 차림이었고, 채 숨기지 못한 피로감이 묻어나는 얼굴 역시 익숙했다.

아주 오랜만에 마주하는 이수현의 모습이었다.

"……!"

소스라치게 놀란 그는 제 모습을 돌아보았다.

견습 기사 제복과 언제나 피부처럼 착용하는 가죽 장갑이 보였다.

앞으로 거추장스럽게 흘러내린 머리칼 역시 반짝이는 은발이었다.

그는 아직 아렌트 폰 에크하르트였다.

"아……."
그제야 조금 전의 상황이 떠올랐다.
"진짜 이 썩을……."
저절로 욕이 흘러나왔다.
희극에 있어서는 최악의 방식으로 퇴장해 버렸다.
자신, 아니, 아렌트답지 않은 행동이라는 사실은 잘 알고 있었다.
이것저것 잴 틈도 없이 충동적으로 움직인 결과였으니까.
하지만 어쨌든 라이오스는 살아남았을 테니, 썩 나쁘지 않은 결과였다.
'어차피 조연이란 그런 거지.'
지금껏 영웅도 아니고, 주인공도 아닌 주제에 제법 큰 비중을 차지했다는 자각은 전부터 충분히 있었다.
라이오스의 말도 틀리지 않았다.
악적을 완벽히 배제하는 것까지는 '아렌트'의 역할이 아니었다.
지금껏 할 일은 차고 넘치게 했으니, 어쩌면 지금이 '아렌트 폰 에크하르트'가 퇴장할 가장 좋은 타이밍일지도 몰랐다.
'남은 건 단장이 알아서 할 테고.'
자신을 향해 빛을 쏟아 내는 조명들을 마주 보았다.
눈이 부셨다.

'……죽은 건가?'

아마도 그럴 것이다.

로저의 검에 베이며 세상이 암전되던 순간이 아직도 생생했으니까.

하지만 지금은 약간의 통증도 느껴지지 않았다.

거친 싸움으로 걸레짝이 되었던 제복 역시 멀쩡했다.

뒤를 돌아보니 거울 속의 '이수현'이 떨떠름한 표정을 지으며 이쪽을 마주 보는 것이 보였다.

"……그래서 이제부터 뭐 어쩌라는 건지."

원래 있던 곳에서의 마지막 기억이 조명에 정통으로 얻어맞은 순간이었으니, 이수현이라고 해도 딱히 무사할 것 같지는 않았다.

'어떻게 되려나.'

오히려 머릿속이 차분해졌다.

텅 빈 무대와 산산조각 난 조명, 그리고 어두운 객석.

'성검의 푸른 기사' 속 세상으로 끌려들어 가기 직전에 있던 극장과 비슷한 모습이었지만, 어쩐지 달랐다.

퀴퀴한 먼지 냄새도 나지 않았고, 무엇보다 낡아 빠지지 않았다.

인간의 온기라고는 조금도 찾아볼 수 없었다.

꺼림칙한 어둠과 불쾌한 빛이 고인 이 공간이 어디인지도 슬슬 알 것 같았다.

"……."

문득 뒤에서 느껴지는 시선에 아렌트는 객석을 돌아보았다.

잠깐 눈을 몇 차례 깜빡이던 그의 입가에 비릿한 미소가 번졌다.

"이 개새끼, 드디어 만났네."

"흐음……."

텅 빈 객석 한가운데에 앉은 '빛'이 고개를 기울였다.

"원래 입버릇이 그리 험한가? 아니면 아직도 연기 중인건가?"

"……."

아렌트는 대답하는 대신 입을 꾹 다물고 그를 물끄러미 응시하기만 했다.

말 그대로 빛이라는 단어 외에는 그 존재를 설명할 수 없었다.

지금껏 대신전을 드나들며 몇 번이나 마주한 익숙한 낯짝이 빙그레 미소 짓고 있었다.

객석을 뒤덮은 기분 나쁜 어둠 속에서도 그의 주변에는 따스한 빛이 스며 나왔다.

발끝까지 흘러내리는 깨끗한 금발은 햇빛 조각을 떼어서 만든 것 같았다.

중성적인 얼굴은 신경질적인 조각가가 몇 년이나 공들여 만든 것처럼 아름다웠다.

"기뻐하도록. 네 무대의 주인이 이리 친히 너를 맞이해

주잖아?"

 루체가 인자하게 눈초리를 휘며 미소 지었다.

 말 그대로 세상의 지배자다운 모습이었다.

 인간의 형상이었지만 지금 눈에 보이는 게 다가 아니라는 직감이 들었다.

"……."

 반짝이는 눈동자에 빨려 들어갈 것만 같은 착각이 느껴졌다.

 거기에 현혹되는 순간 끝장일 것이다.

 아름다운 미소 너머에 있는 존재는 모든 곳에 있는 빛, 그 자체였다.

 동시에 지금껏 마주한 어떤 괴물보다도 끔찍하고 거대한 존재였다.

 길 잃은 영혼 하나쯤은 아무렇지도 않게 바스러뜨릴 수 있을 정도로.

 본능적인 거부감에 뒷목이 뻣뻣하게 경직됐다.

 감당하기 힘든 존재감 탓에 숨이 턱 막혔다.

"……."

 그러나 아렌트는 속에서 꿈틀대는 역겨움을 억지로 억눌렀다.

 고작 이 정도로 고개 숙이기에는 자존심이 용납하지 않았다.

 잠시 후, 가까스로 마음을 가라앉힌 아렌트는 똑바로

고개를 들어 루체를 노려보았다.
 "……무대의 주인 좋아하시네."
 거울 속의 이수현 역시 그와 함께 움직였다.
 "진상 관객이겠지. 아니면 무대에 있는 석상 소품이라고 불러 줄까?"
 "나 참, 어이가 없군. 무릎을 꿇고 경배하는 것까지는 기대도 안 했지만…… 보자마자 욕부터 퍼부을 줄이야."
 빛의 신이 피식 웃음을 터뜨렸다.
 "아무래도 허세 부리는 데는 일가견이 있는 모양이지? 내 존재감을 감당하는 것도 썩 쉬운 일은 아닐 텐데."
 "존재감이고 나발이고, 석상 따위에 긴장할 배우가 있던가."
 아렌트의 목소리는 약간의 비웃음만 머금었을 뿐, 건조하기 그지없었다.
 그에 루체가 불만스러운 표정을 지었다.
 "재미없는 아이로군."
 "재미없다고? 이제 와서 그렇게 지껄이다니. 지금까지 구경하면서 실컷 즐겼을 거 아냐."
 "글쎄다……."
 루체가 심드렁하게 고개를 기울였다.
 "즐겁기는 했다만, 덕분에 일이 제대로 꼬여서 말이지. 골치 아프게 됐어."
 "날 이쪽으로 끌어들인 건 당신이잖아. 도대체 뭐가 불만인데?"

아렌트의 미간이 구겨졌다.

"일이 꼬였다고? 이쪽은 인생이 꼬였어. 이야기를 망친 건 내가 아니라 그쪽이겠지. 도대체 무슨 꿍꿍이야? 나는 왜……."

지금껏 품고 있던 의문이 자연스럽게 입 밖으로 흘러나왔다.

"나는 왜 여기에 있는 거지?"

"왜냐고 묻는다면 딱히 할 말은 없는데."

길게 늘어뜨린 머리칼을 매만지며 루체가 무심하게 대답했다.

"네가 가장 적임자였으니까."

"적임자라고?"

무심코 되묻는 그에게 루체가 가볍게 대답했다.

"바보 같은 질문을 하는구나. 배역에 잘 맞는 배우를 고르는 것은 당연한 일이지 않나?"

"……."

한순간 아렌트는 말문을 잃어버리고 말았다.

루체는 턱을 괴며 천천히 말을 이었다.

"네 식대로 이야기하자면 그런 거겠지. 네가 이쪽 세상을 엿보았던 건…… 그래, 대본이라고 해 두자꾸나. 네가 으레 그리 여겼듯이."

성검의 푸른 기사.

이수현이 몇 번이고 되짚어 읽은 그 소설에 대한 이야기였다.

"그리고 그 대본에 가장 적합했던 게 너였던 거고. 내 선택이 틀리지 않았다고, 얼마 전까지는 흡족해했는데 말이지."

루체의 아름다운 미간이 살짝 구겨졌다.

"네가 지나치게 파고든 나머지 문제가 생겼어. 그 애가 지금 나를 원망하고 있거든?"

"그 애?"

아렌트의 물음에 루체는 짧게 한숨을 내쉬며 손가락을 딱, 튕겼다.

그러자 지금껏 어둠에 잠겨 있던 무대 저편이 갑자기 불이 켜진 듯 확 밝아졌다.

갑작스러운 빛에 눈이 채 익숙해지기도 전, 이제는 너무나 익숙해진 음성이 아득하게 들려왔다.

– 어째서입니까?

갑자기 머리를 한 대 맞은 것 같은 기분이었다.
아렌트는 그 자리에서 뻣뻣하게 굳어 버렸다.
무대 저편에는 라이오스가 있었다.

– 차라리 제가 짊어지겠다 기도했습니다. 그러나 저만

으로는 부족했던 것입니까? 저는 가족들도, 부하 한 명도 지킬 수 없는 겁니까?

오래된 신전처럼 꾸며진 무대 한가운데에 무릎을 꿇은 기사단장은 흡사 실성한 사람 같았다.

- 저는 제물이 되어도 좋습니다. 하지만 아렌트는 결코 그것을 원하지 않았습니다. 그런데 어째서······.

인자하게 자신을 내려다보는 루체 신의 신상 앞에서 울부짖던 라이오스는 그대로 머리를 바닥에 쿵, 찧었다.
루체가 손을 한 번 더 휘젓자 금세 무대 저편은 다시 어둠에 잠겨 버렸다.
하지만 아렌트는 여전히 심연에서 시선을 떼지 못했다.
"······."
얼어붙어 버린 그를 구경하며, 루체가 천천히 말을 이었다.
"영웅의 마음이 가장 간절해진 순간에 성검이 응답하지. 하지만 간절함이 치달았을 때 원망마저 깃들 줄이야. 이건 나도 미처 예상치 못한 일인데······."
망연해진 머릿속에 루체의 목소리가 파고들었다.
"라이오스는 이제 희생을 당연하게 받아들이지 못하게

됐어. 이게 다 너 때문이다."

'성검의 푸른 기사'에서 아서가 죽었을 때, 라이오스는 이렇게 말했다.

"아서 경의 숭고한 죽음을 헛되이 해서는 안 된다."

처음 그 장면을 읽었을 때는 라이오스에게도 정이 떨어질 뻔했다.

하지만 지금, 아렌트는 그때 그가 얼마나 커다란 슬픔을 억누르고 있었을지 지나치게 잘 알았다.

누구보다도 자신의 사람을 아끼는 라이오스였으니까.

차마 피하지 못한 죽음 앞에서 그런 식으로 자신의 감정을 억누른 것이다.

그래서 속으로는 썩어 들어갔을지언정 위태롭게나마 버틸 수 있었다.

하지만 아렌트가 사태에 적극적으로 개입하게 되면서 그의 가치관이 바뀌었다.

대의를 위해서는 다소의 희생은 어쩔 수 없다 여기던 라이오스는, 더 이상 뜻깊은 죽음이라며 희생을 합리화하지 못하게 된 것이다.

"……."

방금 목도한 짧은 장면만으로 아렌트는 그 모든 것을 이해해 버렸다.

빌어먹을 무대 〈231〉

"좋은 죽음이 어디에 있냐며, 희생은 개죽음뿐이라는 말을 주워섬기던 녀석이, 심지어는 자신을 지키려다가 그 꼴이 되어 버렸으니……."

루체가 흥얼거리는 듯한 어조로 말을 이었다.

"배신당한 기분이겠지, 라이오스는."

일이 꼬여서 곤혹스럽다던 것치고는 제법 즐거운 어조였다.

아렌트는 간신히 고개를 돌려 다시 루체를 보았다.

"방금 저건……."

"저쪽은 또 다른 세계지. 그곳에서 라이오스는 나와 독대하고 있단다. 이쪽은 널 위해 급히 마련한 공간이고."

루체는 보란 듯이 가느다란 팔을 들어 보였다.

"여기가 이런 칙칙한 극장 모양이 된 건 다 네 무의식이 반영된 결과지. 너는 지금껏 이 세상을 철저히 연극이라고 여겼던 모양이구나."

"……."

아렌트는 당장 대답하지 못했다.

신경질적으로 이마를 짚고 얼굴을 쓸어내린 아렌트가 양손으로 관자놀이를 꾹 짚었다.

"그래서…… 지금 이게 다 내 탓이라고? 저 사람이 저 꼴이 된 게?"

어떻게든 마음을 다스리려 했지만 아렌트는 결국 울컥 솟아오르는 감정을 주체하지 못했다.

"애초부터 당신이 그 개지랄만 안 쳐 놨어도 되는 거잖아! 장난해, 지금?"

"하긴, 네 잘못이라고만 할 수 없지. 라이오스는 너무 여리니까."

사납게 쏘아붙이는 아렌트를 마주 보며 루체가 순순히 시인했다.

"지난번에도 그랬고. 라이오스를 선택한 건 나니, 근본적인 부분을 고려하자면 내 잘못이라 하는 게 옳겠군."

"……잠깐만."

멍하니 듣던 아렌트는 문득 귀에 거슬리는 단어를 발견했다.

"지난번이라니? 그건 또 무슨 소리지?"

"네가 엿본 그 대본 말이지. 그게 뭐라고 생각해?"

루체는 순순히 답을 내주었다.

'성검의 푸른 기사'.

이수현이 몇 번이고 탐독했던 그 소설이었다.

"그건 내가 이곳저곳에 뿌려 뒀던 통로였던 셈인데, 이수현, 네가 있던 곳에는 소설의 형태였던 것 같더구나."

루체가 투덜거리듯 말을 이었다.

"어쨌든, 라이오스는 실패했어. 끝내 전쟁에서 패배했거든."

잠깐 멍하니 있던 아렌트가 제 귀를 의심하며 되물었다.

"……뭐라고?"

그 반응이 썩 마음에 들었던 듯, 루체가 빙그레 미소 지었다.

"정확히는, 패배할 조짐이 느껴져서 내가 도중에 멈췄지. 하지만 라이오스는 분명히 자신 나름대로 최선을 다했거든. 칸만큼 훌륭했지. 하지만 문제는 적들이 호락호락하지 않았다는 거고."

"……."

아렌트는 혼란스러워졌다.

그는 이마를 짚고 시선을 아래로 떨어뜨렸다.

눈동자가 갈피를 잡지 못하고 흔들렸다.

그의 머리 위로 루체의 목소리가 들려왔다.

"그래서 고민했지. 어떻게 하면 좋을까? 라이오스의 곁에 인재가 모자랐던 것인가…… 그 뒤는 말하지 않아도 알 테고."

루체는 통로를 이곳저곳에 뿌렸고, 이수현은 성검의 푸른 기사를 접했다.

"솔직히 다른 세계에 간섭하는 건 통로를 두는 것 정도가 한계였으니, 내가 직접 원하는 인재를 골라 데리고 올 수는 없었지. 그래서 통로에 가장 적합한 인물이 통과하도록 제약을 걸어 두었고."

통로…… 즉 대본은 '아렌트' 역할로 이수현을 캐스팅했다.

"그런데 문제는 네가 내 상상 이상으로 또라이였단 거고. 엉뚱한 곳까지 들쑤시지를 않나. 심지어는 라이오스의 신념마저도 뒤흔들어 버릴 줄은."

루체가 피식 웃음을 터뜨렸다.

"그냥 내쫓아 버릴까 싶기도 했는데…… 어차피 끝까지 살아남기는 힘들 테니, 적당히 제 역할만 수행하고 죽으면 그냥 내버려두려고 했지. 그런데 또 끈질기게 살아남는 걸 보니, 어라, 이것도 나쁘지 않겠다 싶어서."

"……."

자애로운 빛을 담은 눈동자가 기분 좋게 휘었다.

"혹시나 라이오스가 또 실패할지도 모르잖아? 그렇게 되면 다음 대 영웅으로 삼아도 괜찮겠다 싶었거든."

잠자코 있던 아렌트가 문득 고개를 들었다.

그의 얼굴은 이제 황당함에 물들어 있었다.

"뭐라고?"

"이번에는 특별히 내가 도와주긴 했다만, 두 번 실패하지 않으리란 법은 없지. 하지만 너라면 악착같이 살아남을 것 같았거든. 이번에도 라이오스가 제 몫을 다 해내지 못한다면 네가 영웅…… 그러니까."

잠깐 단어를 고르며 루체가 고개를 반대쪽으로 기울였다.

"이 세계의 주인공이 되는 거야. 멋지지 않나? 나름대로 이쪽에 애착도 있는 것 같으니, 나쁘지 않은 제안일 것 같은데."

"그건 또 무슨 미친 소리야?"

아렌트가 참지 못하고 쏘아붙이자 루체가 뚱한 표정으로 고개를 기울였다.

"능력도 출중한 것 같으니까, 악랄하게 구는 적을 상대하기엔 어쩌면 라이오스보다도 더 나은 인재일지도 모르지. 신앙이 없다는 게 큰 문제긴 하지만…… 그건 어떻게든 할 수 있을 테지."

"……."

"네가 제일 잘하는 게 연기잖아? 신에게 진심을 다하는 영웅 노릇이야 어려운 일도 아닐 테고."

어처구니가 없어서 말이 안 나왔다.

루체가 아무렇지도 않은 얼굴로 손을 휘 내저었다.

"누구보다도 불경하던 녀석이 신의 말에 귀 기울여 영웅이 된다. 이것도 멋진 그림이 되겠군. 안 그래?"

"그렇기는 지랄."

단박에 욕설이 튀어나오자 루체가 킥킥 웃음을 터뜨렸다.

"하여간 성질머리는. 어쨌든, 그 계획도 실패해 버렸단 말이야. 네가 그런 짓을 해 버렸으니. 아아…… 아쉬워라."

"진짜 미친 새끼…… 도대체 사람을 뭘로 보는 거야?"

"네가 라이오스를 보던 시선과 그리 다르지 않을걸?"

사납게 으르렁대던 아렌트가 멈칫했다.

루체는 기분 좋게 웃으며 길게 흘러내린 머리칼을 손으로 만지작댔다.

"가끔 네 강한 사념이 들렸는데, 너는 그저 배우일 뿐이라면서? 이 세계는 거대한 무대이고. 나는 소품이라고 했던가."

"……."

"난 꽤 마음에 들었거든. 이 어지러운 세상을 딱 한 마디로 정리할 수 있게 됐으니까."

루체는 양팔을 가볍게 들어 보였다.

마치 무대 위에 선 배우를 흉내 내는 것 같은 움직임이었다.

"어차피 그래, 연극이라는 것도 신에게 바치던 제전이 잖아. 이 세계에서 반복되는 대립 역시 다를 바 없지."

"……태클 걸 곳이 너무 많은데, 일단 이것 하나만 물어보자."

한참 동안 입을 다물고 있던 아렌트에게서 착 가라앉은 음성이 흘러나왔다.

"왜 이렇게까지 하는 건데?"

"어둠이 세상을 지배해서는 안 되니까."

지나치게 간결한 대답이 돌아오자 다시 울컥 짜증이 치솟았다.

"설정 말고, 있는 사실 그대로 말해."

"글쎄, 그것까지는 한낱 미물이 알 필요는 없지 않을까?"

루체는 마치 장난치는 것처럼 대답했다.

아직 말하지 않은 부분이 있다는 걸 순순히 시인하는 것과도 같았다.

"세상 어디든 균형과 조화가 중요하지. 악은 악으로서 존재해야 하고, 선은 선으로서 존재해야 해. 그러니 이건 꼭 필요한 싸움이다…… 이 정도면 설명이 되지 않을까?"

"되겠냐고, 미친놈아."

"정말 입버릇이 험하군."

아렌트가 사납게 으르렁대자 루체는 한숨을 쉬며 고개를 내저었다.

"지금 중요한 건 그게 아니지. 너 때문에 나도 이제 어떻게 해야 할지 모르게 됐으니까. 그냥 죽게 내버려둬도 될 걸, 굳이 널 여기로 불러들인 이유가 그거라고."

루체가 시큰둥하게 말을 이었다.

"너를 잃으면, 라이오스는 더 이상 내게 기도하지 않을 거다. 성검 역시 거부하겠지. 그건 나도 조금 곤란하거든. 지금 어떻게든 잘 달래 보려고 노력은 하고 있다만 통하는 것 같지도 않고."

"……"

"아까도 말했지만, 네가 자초한 결과야. 희생을 감수하면서도 대의를 지키려 했던 라이오스가 이젠 대의를 주변인들의 희생을 막기 위한 수단으로 여기게 되었으니까. 이대로는 성검을 내려 봤자 의미가 없단 말이지."

나태하게 턱을 괸 루체가 불만스럽게 투덜거렸다.

"그래서 나도 고민이 깊어졌어. 라이오스와 너, 둘 다 포기하고 처음부터 다시 시작하자니 너무 성가신 데다 위험하기까지 하고. 아니면 네가 영웅이 되는 방향도 있지. 솔직히 나는 이쪽이 끌리거든. 하지만 이건 네 협조가 필요해. 그런데 넌 나를 썩 좋아하지 않잖아."

"……."

"라이오스를 구하겠다고 칼날 앞에 뛰어든 걸 보아하니, 저들을 구하기 위해서라면 받아들일 것 같긴 한데……."

루체의 따스하면서도 서늘한 시선이 아렌트에게 꽂혔다.

"너도 슬슬 한계인 것 같고. 진즉 망가지지 않은 게 더 신기했거든. 솔직히 이만큼 버틴 것도 말도 안 되는 일이지. 그러니 네게 선택권을 넘겨주겠어. 지금껏 잘해 온 상으로."

"……."

아렌트는 할 말을 잃어버렸다.

"이대로 쉬고 싶다면 그렇게 해 주지. 원래 세계로 돌아가고 싶다면 그 또한 들어주겠다. 성검을 들겠다면 기꺼이 영웅으로 만들어 주지. 그거야말로 내가 바라 마지 않은 일이니까."

"……."

"아, 이대로 라이오스를 설득하는 것도 가능하겠군. 하지만 이쪽은 또 다른 도박을 하는 것 같아서 썩 내키지 않아."

루체가 마뜩잖게 덧붙였다.

이미 라이오스는 루체에게서 신뢰를 잃어버렸다.

아렌트는 한동안 침묵을 지켰다.

굳이 그를 재촉하지 않고, 루체는 가만히 기다려 주었다.

아렌트만이 홀로 조명을 받는 무대 위에 오랜 침묵이 흘렀다.

그리고 한참 뒤, 아렌트가 입을 열었다.

"……돌아간다고? 그건 안 될 일이지."

지금까지와는 사뭇 다른 어조에 루체가 살짝 미간을 찌푸렸다.

아렌트는 잠깐 얼굴을 짚었다.

술렁이는 마음을 가다듬기 위해서였다.

그리고 잠시 후.

다시 고개를 들었을 때, 그는 '아렌트'의 표정을 짓고 있었다.

오만하고 도도하기 그지없는 눈빛에 사람 속을 긁는 미소까지 완벽했다.

"당신 면상을 한 대 갈겨 주기 전까지는 절대로 안 돼."

불경하기 그지없는 선언에 루체의 눈빛에 이채가 돌았다.

"어디 한번, 이 빌어먹을 연극을 계속해 볼까? 어떤 결말이 날지 나도 궁금하거든."

"바라 마지않던 대답이군. 그렇다면 내 제안을 받아들이는 건가?"

신의 입가에 만족스러운 미소가 드리웠다.

하지만 다음으로 돌아온 대답은 예상을 완전히 빗나가 버렸다.

"내가 미쳤냐? 너 따위의 꼭두각시가 되게?"

"……."

이번에는 루체가 잠시 입을 다물 차례였다.

아렌트는 실실 흘러나오는 웃음을 굳이 막지 않았.

기분이 더러웠다.

"선택지 운운하지만, 어쨌든 당신도 별 뾰족한 수가 없는 거잖아. 잘난 척하면서 지껄이지 마. 당신이 나한테 선택권을 준 게 아니라, 당신은 이제 아무것도 고를 수가 없게 된 거겠지. 무대가 당신을 배제한 채로도 잘 굴러가고 있으니까."

황금색 눈동자에 노골적인 비웃음이 깃들었다.

"그리고 그게 나 때문이라는 거지? 아주 꼴좋게 됐네. 기대해. 언젠가 내가 그 면상을 흙바닥에 처박아 줄 테니."

"……하."

그가 퍼붓는 저주를 가만히 듣던 루체가 헛웃음을 터뜨

렸다.

"이거 진짜 상상을 초월하는 미친놈이군. 영웅이 되는 것도 싫다는 건가? 나 역시 그런 말을 듣고 썩 유쾌할 수는 없는데…… 뭐, 좋아."

루체의 낯에서 순식간에 웃음기가 지워졌다.

"너는 너대로 원하는 시나리오가 있는 듯하군. 그것으로 내게 도전하겠다는 건가? 나의 피조물들을 네 마음대로 주무르겠다고? 감히?"

"나한테 감히, 라는 말을 할 수 있는 사람은 아무도 없어. 단장이든, 황태자든, 신이든."

아렌트가 이죽거렸다.

그를 가만히 내려다보던 루체가 이내 짧게 한숨을 푹 내쉬었다.

"좋아, 그렇다면 좀 더 여흥을 더해서…… 어차피 망가져 버린 판이니. 내기 하나 하지."

이내 신의 입가에 자애를 걷어 낸 비릿한 미소가 맺혔다.

"네가 이기면 소원을 들어주겠어. 내 면상을 진흙탕에 처박든, 뭐든 네가 할 수 있는 모든 것을 해 봐라. 하지만 이번에도 전쟁에서 패배하거나, 결국 나의 뜻대로 된다면……."

루체가 눈을 가느다랗게 떴다.

"너는 나의 영원한 종복이 되는 것이다. 어때?"

5장. 기도하렴, 이곳에 있을 테니

기도하렴, 이곳에 있을 테니

잠깐 멈췄던 시간이 다시 움직이기 시작했다.

그와 동시에, 세상에는 전에 없던 빛의 은총이 내렸다.

영웅의 간절한 마음에 탄복한 루체가 그의 소원을 이뤄 준 것이다.

무대 뒤의 사정이야 어쨌든, 세상 사람들은 이 날을 그렇게 기억할 터였다.

* * *

"단장님!"

아서의 찢어지는 비명에 라이오스의 의식이 현실로 돌아왔다.

방금 본 환상 같은 광경은 온데간데없이 사라지고, 다시금 피비린내가 코를 찔렀다.

검과 검이 마찰하며 내는 불쾌한 쇳소리 역시 아득히 들려왔다.

"정신 차리십시오, 단장님!"

좀처럼 큰 소리를 내는 일 없는 리히트의 외침이 아서의 목소리를 뒤따랐다.

"……!"

그제야 라이오스는 눈앞의 상황을 인지할 수 있었다.

그를 향해 똑바로 내리쳐진 로저의 검을, 아서와 리히트가 함께 막고 있었다.

아서가 엉망이 된 얼굴로 그를 돌아보며 악을 썼다.

"단장님, 제발……! 피하시라고요!"

그제야 라이오스는 그가 울고 있다는 것을 알아차렸다.

리히트 역시 참담한 얼굴이었다.

비통한 것은 마찬가지였다.

하지만 그들은 넋을 놓아 버린 멍청한 단장을 구하겠다며 다시 검을 든 것이다.

으득.

라이오스가 이를 악물었다.

아렌트의 어깨를 단단히 감싸고 있던 손에서 힘이 풀렸다.

아직은 물러설 때가 아니었다.

아렌트를 조심스럽게 눕힌 뒤, 라이오스가 비척비척 몸

을 일으켰다.

증오에 가득 찬 눈이 로저를 똑바로 노려보았다.

"너는, 꼭, 내 손으로."

라이오스의 등 뒤에서 루체 신이 자애로운 미소를 지었다.

마치 그를 위한 선물처럼 준비된 성검 역시 얌전히 그를 기다리고 있었다.

"내 손으로 죽인다."

원한을 가득 담은 목소리가 마치 신호라도 된 것처럼.

달칵.

굳게 박혀 있던 성검이 느슨하게 뽑혀 나왔다.

라이오스는 당연하다는 듯 손을 뻗어 검자루를 쥐었다.

새로운 주인의 손이 닿자 검에서 신성한 광채가 뿜어져 나오기 시작했다.

"뭐……?"

리히트와 아서는 대치 중이던 상황도 잊어버리고 얼빠진 소리를 냈다.

로저 역시 마찬가지였다.

깨진 가면 아래로 드러난 입이 벌어졌다.

성검에서 터져 나온 신성력은 검이 꽂힌 제단과 그 바로 옆에 눕혀진 아렌트, 그리고 라이오스를 한꺼번에 집어삼켰다.

그리고 한참 만에 빛이 사그라졌을 때, 오래된 유물 같던 성검의 모습은 온데간데없이 사라졌.

대신 방금 막 명장이 벼려 낸 것처럼 광택이 도는 검이 라이오스의 손에 쥐어져 있었다.

"……."

그뿐만이 아니었다.

뼈가 드러날 정도로 심각했던 부상이 빠르게 회복되었고, 새파란 눈동자에도 신성한 광채가 깃들었다.

신성력이 깃든 검을 든 라이오스는 그 누구보다도 영웅에 걸맞은 모습이었다.

로저가 신음처럼 중얼거렸다.

"빛의 검이……."

그의 경계가 느슨해진 틈을 타 라이오스가 섬전처럼 움직였다.

아서와 리히트를 뒤로 밀어낸 라이오스는 로저가 방비할 틈을 주지 않고 성검을 휘둘렀다.

"……!"

서걱.

검을 쥔 로저의 팔이 그대로 베여 나갔다.

떨어져 나간 팔이 툭 바닥에 떨어지고 나서야 로저는 눈을 크게 떴다.

잘린 어깨에서 피가 뿜어져 나왔다.

코앞까지 다가온 푸른 눈동자가 귀기를 내뿜었다.

"결코 곱게 죽이지 않을 것이다."

"……!"

머리 위로 떨어지는 검의 기척을 알아차린 로저가 급하게 몸을 날렸다.

콰드드득!

바닥을 내려친 성검이 대리석을 깊숙이 갈랐다.

조금만 늦었더라면 다른 쪽 팔까지 잘려 나갔을 게 분명했다.

'이건 영웅이 아니라…….'

검을 거두고 자신을 향해 돌아서는 라이오스를 보며, 로저는 아연실색하고 말았다.

'차라리 광전사라 부르는 것이 옳지 않은가.'

노골적으로 급소를 피한 공격의 의도 역시 보였다.

라이오스는 로저를 살려 둔 채 팔다리를 모두 베어 낼 생각인 것이다.

신성력으로 고통을 제어하던 로저의 머릿속에 경종이 울리기 시작했다.

'도망쳐야 한다.'

빛의 검이 깨어난 이상, 자신은 절대로 이곳에서 죽어서는 안 됐다.

체르니온 교단에는 성검을 견제할 수단이 하나라도 더 필요했다.

로저는 남은 팔로 로사리오를 꽉 쥐었다.

하지만 라이오스는 그에게 틈을 주지 않았다.

성큼성큼 다가온 그는 로저를 향해 사정없이 참격을 퍼

부었다.

"……!"

콰아아앙!

거센 폭음과 함께 자욱한 먼지가 피어났다.

보관실의 바닥이 성한 곳 없이 파괴되었다.

전신이 거의 으스러지다시피 한 채 구석에 널브러진 로저가 보였다.

의식을 완전히 잃어버린 채 축 늘어졌지만, 숨은 끊어지지 않은 것 같았다.

'아직이다.'

라이오스에게는 자신이 정상이 아니라는 자각조차도 없었다.

차갑게 가라앉은 머릿속에는 오로지 원한과 분노밖에 남지 않았다.

이제는 완전히 숨통을 끊을 작정으로 라이오스는 로저에게 천천히 다가갔다.

성검에 그의 검기와 신성력이 동시에 깃들었다.

놈에게 자비란 필요 없었다.

어떻게든 지옥에 떨어져 영원히 고통받길 원하는 마음뿐이었다.

로저는 여전히 꼼짝도 하지 않았다.

라이오스는 천천히 검을 들었다.

성검에 짙은 신성력이 깃들었다.

새파란 눈동자에는 아무런 감정도 비치지 않았다.

푸른 머리칼에는 아렌트와 로저의 피가 함께 엉겨 붙어 있었다.

음울한 그늘이 진 얼굴로 아무런 말도 없이, 라이오스는 로저를 향해 똑바로 검을 꽂아 넣었다.

하지만 그 순간.

쿠웅!

강한 힘이 라이오스의 검을 튕겨 냈다.

"……!"

라이오스가 눈을 크게 뜬 순간, 갑자기 환한 빛이 사방을 휩쓸며 그의 시야를 가렸다.

몇 초 후 빛이 빠르게 잦아들었을 때는 이미 로저의 모습은 보이지 않았다.

순식간에 폐허가 된 주변에 로저가 남긴 짙은 피 웅덩이만이 남아 있을 뿐이었다.

누군가가 로저를 텔레포트로 대피시킨 거였다.

"이……."

라이오스는 순간 치밀어 오르는 분노를 억누르지 못하고 입술을 꽉 깨물었다.

그때, 뒤에서 다급한 외침이 들려왔다.

"단, 단장님! 단장님!"

아서였다.

뒤를 돌아본 라이오스는 아렌트의 머리를 꽉 끌어안은

아서를 발견했다.

그의 옆에서 리히트 역시 아렌트의 한쪽 손을 붙잡고 있었다.

연이어지는 공격 속에서 아렌트를 지키기 위해 반사적으로 움직인 듯했다.

단장과 눈이 마주친 아서가 발작적으로 외쳤다.

"살, 살아 있습니다!"

검을 꽉 쥔 라이오스의 손아귀에서 힘이 풀렸다.

"……뭐?"

얼떨떨한 목소리가 흘러나왔다.

눈물범벅이 된 아서가 아렌트를 더욱 강하게 끌어안으며 악을 썼다.

"살아 있다고요, 이 자식! 아직 살아 있어요!"

"어떻게 된 일인지 모르겠지만……."

리히트 역시 곤혹스러운 얼굴로 입을 열었다.

리히트는 단순히 손을 잡은 게 아니라 맥을 짚어 보고 있던 거였다.

"호흡이 돌아왔습니다. 최대한 빨리 옮겨야 합니다."

침착함을 유지하려 애쓰고 있었지만 리히트의 손이 잘게 떨리고 있었다.

"지금 당장 대신관님께 가야 합니다. 그분이라면 아렌트를 살리실 수 있을지도 모릅니다!"

리히트의 목소리에서 결국 다급함이 묻어나기 시작했다.

빠르게 이동해야 아렌트가 생존할 가능성이 조금이라도 높아질 터였다.

"살아……."

라이오스의 손에서 힘이 빠져나갔다.

"살아 있다고?"

믿기지 않는 듯, 라이오스가 멍하니 부하들의 말을 되풀이했다.

증오와 원한에 절여졌던 얼굴 역시 한순간에 맥이 풀렸다.

하마터면 떨어뜨릴 뻔한 검을 간신히 허리춤에 갈무리한 라이오스가 곧장 그들에게 달려갔다.

지금 성검 따위는 전혀 중요하지 않았다.

놓쳐 버린 로저 역시 더 이상 안중에 없었다.

아렌트의 옆에 주저앉은 라이오스는 직접 맥을 짚어 보았다.

"……!"

분명히 멈췄던 심장이 미약하게나마 다시 움직이고 있었다.

간신히 찾아낸 생명력의 흔적을 놓치기라도 할세라, 그는 몇 번이고 아렌트의 손목을 붙잡았다가 놓기를 반복했다.

미처 말을 잇지 못하고 입술을 달싹이던 라이오스가 가까스로 외쳤다.

"……황궁에 보고해라! 최대한 빨리!"

한 번 터져 나오기 시작한 목소리가 성급함을 가득 담아냈다.

아서와 리히트는 대답도 하지 않고 밖을 향해 뛰쳐나갔다.

그저 길기만 했던 밤이 천천히 밝아 오고 있었다.

* * *

"나 참."

텅 빈 극장에 앉은 신이 피식 웃음을 터뜨렸다.

자신의 뜻과는 조금 어긋났지만, 그래도 당분간 재미있는 구경거리가 생겼다는 생각에 기분이 그리 나쁘지만은 않았다.

"미친놈도 정도가 있지. 드래곤도 아니고, 인간 주제에…… 신경 줄이 저렇게까지 굵을 수가 있나?"

흰 손가락 끝으로 금빛 찬란한 머리칼을 만지작대던 루체는 가만히 눈을 감았다.

작은 극장이 침묵 속에 가라앉았다.

한참 뒤, 루체가 다시 입을 열었다.

"……시끄럽단다, 네레이스. 규칙 위반이라니. 그런 게 어디에 있어? 이곳은 나의 것인데."

보이지도, 들리지도 않은 누군가에게 대답한 루체는 다시 한동안 침묵하다 살며시 인상을 찌푸렸다.

"……무슨 말이 하고 싶은 거지? 난 아무것도 망친 적 없단다."

그리고 또 정적.

잠시 후, 루체가 다시 천천히 눈을 떴다.

"주제넘게 굴지 마라."

"……."

상대방은 대답하지 않았다.

그제야 루체는 만족스럽게 고개를 끄덕였다.

"평소처럼 구경이나 하는 게 좋을 거야. 재미있게 되었으니. 너희들도 처음 보지 않아? 저렇게까지 건방진 인간은."

신의 존재를 인지하지 못했다면 또 모를까, 직접 대면하고서도 똑같이 굴 수 있다니 신기할 지경이었다.

"정말 대단한 신의라고 해야 하나……."

독기 가득한 미소를 짓던 어린 영혼이 떠올랐다.

그 속내는 어렵잖게 읽을 수 있었다.

대본에게 선택받아 아렌트의 역할을 떠맡은 그는, 방금 주어졌던 기회에서 다시금 '견습 기사 아렌트' 배역을 선택했다.

그 까닭은 딱 하나였다.

아렌트는 라이오스에게 기회가 남지 않았다는 것을 깨달은 것이다.

루체에게 버려진 라이오스의 결말은 안 봐도 뻔했다.

홀로 올곧게 자신의 뜻을 관철하다가 비참한 최후를 맞이하겠지.

다음 영웅이 선택된다면 라이오스의 소멸은 필연적이었다.

한 시대에 영웅이 두 명일 수는 없으니까.

'라이오스는 분명 내가 고른 영웅이지만……'

여흥을 위해 작은 존재와 내기를 건 지금, 그가 루체의 선택을 받았다고 말할 수 있을까.

결국 라이오스를 영웅으로 선택한 것은 아렌트였다.

루체는 그것을 순순히 인정하기로 했다.

조금 자존심이 상하긴 했지만, 그리 중요한 문제는 아니었으니까.

'어차피 이 땅에 존재하는 모든 것은 나의 것이다.'

라이오스가 여전히 루체에게 기도하는 이상, 라이오스는 루체의 것일 수밖에 없었다.

지금은 독기와 오기로 가득하면서도 대책 없을 정도로 정 많은 그 작은 존재가 앞으로 어떻게 움직일지 궁금할 뿐이었다.

감히 제 주제도 모르고 오만하게 굴던 어린애가 언젠가 자신에게 엎드려 빌 날이 한편으로는 기대되기도 했다.

루체는 희게 미소 지으며 턱을 괴었다.

"언제든지 기도하렴. 내가 여기에 있을 테니."

당분간은 재미있는 미물이 지어 낸 이 작은 극장에 머물며, 루체는 그가 펼쳐 낼 연극을 즐겁게 구경하기로 했다.

* * *

이질적인 정적이 느껴졌다.
그는 천천히 눈을 깜빡였다.
문과 창문이 굳게 닫긴 방 안은 어둠에 잠겨 있었다.
그 탓에 지금이 몇 시쯤 되었는지도 알 수 없었다.
불 꺼진 샹들리에와 화려한 천장 벽면의 장식, 호화로운 침대와 고급스러운 침구가 차례대로 시야에 들어왔다.
정신이 멍하고 속이 울렁거렸다.
지금 이게 현실인지 아닌지도 분간이 안 갈 지경이었다.
'그러니까…… 아직도 무대 위인가?'
어지간하면 그럴 일은 없겠지만, 침대에 누워 있는 연기를 하다 깜빡 졸았다고 하더라도 이상한 일은 아니었다.
생활비와 극장 운영비를 충당하느라 일을 몇 개씩이나 하던 상황이었으니까.
하지만 그런 것치고는 주변이 너무 조용했다.
함께 합을 맞추는 상대 배우의 목소리도 들리지 않았고, 숨죽인 관객의 기척도 느껴지지 않았다.
그제야 뭔가가 잘못되어 간다는 생각이 들었다.

눈에 보이는 것들은 무대 소품 따위가 아니었다.

질 좋은 물건들은 진짜였고, 이곳은 낡아 빠진 극장이 아니었다.

그것을 자각하고 나서야 정신이 제대로 들었다.

'아.'

캐릭터에 맞지 않는 행동이라는 걸 알면서도 라이오스 대신 로저의 칼을 맞았다.

한 번 숨이 끊어진 다음 마주했던 건, 아름다운 얼굴로 섬뜩한 미소를 짓던 신이었다.

"……!"

아렌트는 반사적으로 몸을 벌떡 일으켰다.

하지만 다음 순간 전신을 덮치는 격통에 다시 그대로 침대에 풀썩 쓰러질 수밖에 없었다.

"끄윽…… 이런 씹……."

비명이 터지려는 건 가까스로 억눌렀지만, 채 담지 못한 욕설이 흘러나왔다.

식은땀이 줄줄 쏟아졌다.

"빌어 처먹을 인생, 진짜……."

신이고 나발이고 아무 생각 안 날 정도로 아팠다.

누구에게랄 것 없이 욕을 퍼부으며 한참을 낑낑대고 있자니 굳게 닫혀 있던 문이 달칵 열렸다.

열린 문틈 사이에서 빛이 새어 들어오며 한 사람이 고개를 불쑥 내밀었다.

곧 그는 침대 위에서 웅크리고 쩔쩔매는 아렌트를 발견하고는 기겁하며 뛰어왔다.

"야, 야! 뭐 하는 거야, 지금!"

아서였다.

아서는 상처를 부여잡고 어쩔 줄을 몰라 하는 아렌트를 다시 바른 자세로 눕혀 주었다.

"진짜, 이 썩을……."

다시 베개에 몸을 푹 파묻고 편한 자세가 된 뒤에야 아렌트는 숨을 제대로 쉴 수 있었다.

아서가 그를 내려다보며 황당하게 말했다.

"깼으면 사람을 불러야지, 무턱대고 벌떡 일어나려는 놈이 어디에 있어?"

안 봐도 무슨 일이 있었는지 쉽게 짐작해 낸 모양이었다.

아렌트는 숨을 몰아쉬면서도 짜증스럽게 투덜거렸다.

"누가 이럴 줄 알았나요…… 하아, 뒈지는 줄 알았네."

식은땀이 축축하게 스며 나온 이마를 꾹 짚던 아렌트가 시선을 들어 아서를 보았다.

분명 너덜대기는 피차 마찬가지였던 것 같은데, 아서는 그새 회복한 건지 얼굴에 반창고 몇 개만 남아 있을 뿐이었다.

호흡을 가라앉힌 아렌트가 툭 내뱉었다.

"……가까이 좀 와 봐요."

"어? 왜?"

아서는 의아하게 물으면서도 아렌트에게 더욱 가까이 다가갔다.

거리가 충분히 가까워지자 아렌트가 다시 말했다.

"손 좀."

"……?"

어리둥절해하면서도 아서는 아렌트를 향해 한쪽 손을 내밀어 주었다.

그러자, 콰아악.

아렌트가 손톱으로 있는 힘껏 아서의 손등을 꼬집었다.

"끄아아악!"

난데없이 봉변당한 아서가 비명을 지르며 물러서자, 아렌트는 그제야 고개를 끄덕였다.

"꿈은 아닌 모양이네."

"다짜고짜 이게 무슨 짓이야, 이 자식아!"

빨갛게 부어오른 손등을 감싸 쥔 아서가 버럭 짜증을 터뜨렸다.

하지만 아렌트는 시큰둥하게 대답할 뿐이었다.

"별 건 아니고. 아직 꿈꾸는 건지 확인하고 싶어서."

"그렇다고 왜 나한테 그래?!"

"날 꼬집을 수는 없잖아요."

핏기 하나 없는 얼굴로 뻔뻔하게 지껄이는 꼴이 웃기지도 않았다.

오랜만에 뒷골이 뻐근해지는 느낌에 아서는 이마를 짚었다.

하지만 그것도 잠시.

아서가 손으로 얼굴을 가린 채 고개를 푹 떨어뜨렸다.

그 상태로 아서는 한참 동안 꼼짝도 하지 않았다.

"……뭐야."

멀뚱히 있던 아렌트가 제 눈을 의심하며 물었다.

"선배 울어요?"

"너 때문이잖아, 이 새끼야!"

짜증스럽게 왈칵 소리를 지른 아서가 괜히 눈가를 벅벅 문질러 닦았다.

하지만 그 노력도 무색하게, 다시 아서의 눈동자에 그렁그렁 눈물이 맺히기 시작했다.

"나는, 씨, 진짜 너…… 너 죽는 줄 알고…… 그런데 눈 뜨자마자 패악이나 부리고…… 너 진짜……."

그동안 마음을 졸이다가 싸가지 없는 짓거리를 눈으로 확인한 순간, 급격하게 마음이 놓이며 눈물이 삐질삐질 새어 나오기 시작한 것이다.

아렌트가 그를 황당하게 올려다보았다.

"선배가 뭐 어린애예요? 진짜 엄청 못생겼으니까 저리 좀 가요."

"네가 가까이 오라며! 뭐 이런 새끼가 다 있어, 진짜?"

"용건 끝났으니까 가라고요. 나 참, 어이가 없어서는."

퉁하니 손을 휘휘 내저은 아렌트가 피식 힘 빠진 웃음을 터뜨렸다.

"이거 두고두고 놀려 먹을 게 생겼네."

"시끄러워 이 자식…… 아?"

밉살맞게 대꾸하는 아렌트를 쏘아본 아서가 멈칫했다.

금방이라도 욕을 쏟아 낼 기세던 선배가 갑자기 조용해지자 아렌트는 인상을 살짝 찌푸렸다.

"뭐야, 왜 그래요?"

"아니, 너……."

너무 놀란 나머지 제멋대로 움직이던 눈물샘도 멈춰 버렸다.

아주 잠깐이었지만 아렌트의 낯에 스쳐 지나간 미소를 본 것이다.

평소처럼 속을 긁거나 비웃는 게 아니라, 어쩔 수 없다는 듯한 가벼운 웃음이었다.

말문이 막힌 아서가 얼어붙은 채 입만 벙긋대고 있는데, 열린 문틈으로 또 다른 한 사람이 불쑥 들어왔다.

방 안을 확인한 방문객이 잠깐 놀란 표정을 지었다가 이내 어이없이 중얼거렸다.

"어쩐지 시끄럽더라니."

"……."

미처 리히트에게 인사를 건넬 생각도 하지 못하고, 아서는 여전히 어리벙벙한 눈으로 아렌트를 멀뚱히 보았다.

하지만 아렌트의 낯은 늘 그렇듯 뚱한 표정으로 돌아와 있었다.

마치 한순간 착각이라도 한 것 같았다.

"도대체 뭘 하면 눈을 뜨자마자 말싸움부터 하는 거지?"

리히트는 문을 닫고 들어와 창문을 가리고 있던 커튼을 걷어 냈다.

바깥에서 햇빛이 쏟아져 들어왔다.

갑작스러운 빛에 아렌트가 눈살을 찌푸렸다.

하늘이 새파란 것을 보아하니 아직 이른 오후쯤인 모양이었다.

"그래도 큰 소리 내는 걸 보아하니 팔팔한 모양이군. 그나마 다행인가."

커튼을 정리하고 제 옆으로 다가온 리히트에게 아렌트가 불퉁하게 투덜거렸다.

"큰 소리 낸 건 제가 아니라 저 사람인데요."

"안 봐도 뻔해. 네가 먼저 시비 걸었겠지."

나무라듯 말하면서도 리히트는 아렌트의 이마를 꾹 짚어 보았다.

체온을 확인하려는 거였다.

"얼굴색은 별로 안 좋다만…… 이쯤 되면 걱정은 안 해도 되겠다. 황태자 전하와 단장님께도 보고드려야겠군."

그렇게 말하는 리히트 역시 제법 마음이 놓인다는 얼굴

이었다.

아렌트는 그의 손을 치우고는 아까부터 신경 쓰였던 것을 물었다.

"여기 어디예요? 생활관은 아닌 것 같은데."

"황자궁의 빈방이다. 생활관과 치료실은 너무 어수선하니 전하께서 방을 내주셨지."

리히트의 대꾸에 아렌트는 대강 고개를 끄덕였다.

그래도 두 사람과 한바탕 대거리를 하고 나니 머리가 좀 맑아지는 기분이었다.

그는 여전히 아렌트 폰 에크하르트였다.

망할 무대 위로 돌아온 것이다.

'솔직히 그대로 죽어도 이상하지 않겠다고 여기긴 했는데.'

내기니 뭐니 하면서 주워섬기긴 했지만, 미친 신이 제 말을 곧이곧대로 들어준다는 보장은 할 수 없었으니까.

그러나 루체는 아렌트의 조건을 받아들인 모양이었다.

아니면 정말로 루체에게도 이외의 방법이 없었다거나.

'그렇다면 성검은 단장에게 간 거겠지.'

중간에 퇴장하는 것도 이제는 불가능하게 됐다.

죽이 되든 밥이 되든 라이오스를 진정한 영웅의 자리로 이끌어야 하는 것이다.

어쩌면 영원히 연기를 그만두지 못하게 될지도 모르고.

그런 생각을 하고 있는데, 아서가 불퉁하게 말했다.

"넌 영광으로 알아야 해. 대신관님이 열흘씩이나 황궁에 머무시면서 직접 돌봐 주셨다고. 네 상태가 안정된 것 같다고 하시면서 잠깐 대신전으로 가셨는데, 아마 곧 돌아오실 거야."

"뭐어……."

떨떠름하게 말하던 아렌트는 문득 인상을 구겼다.

"잠깐만, 뭐라고요? 열흘?"

"그래, 이 자식아. 진짜 숨넘어가는 줄 알았다고. 단장님이 얼마나 걱정하셨는지나 아냐?"

아서에게서 곧장 구박이 돌아왔다.

하지만 아렌트의 귀에는 그 말도 제대로 들리지 않았다.

"이런 미친……."

"아오, 진짜! 움직이지 말라니까!"

다시 몸을 일으키려 힘을 주는데, 아서가 신경질을 쏟아 내며 그의 양어깨를 꽉 잡아 눌렀다.

"아파 죽겠다면서? 진짜 뭘 처먹으면 이렇게 고집이 세?"

"아, 비켜 봐요, 좀!"

잠깐 반항했지만 지금 몸 상태로 아서의 힘을 이길 수는 없었다.

결국 아렌트는 다시 포기하고 베개에 고개를 처박을 수

밖에 없었다.

옆에 있던 리히트가 쯧 혀를 찼다.

"일단 대신관님이랑 치료사가 올 때까지 얌전히 있어라. 당분간은 어지간하면 밖으로 나가지 말고. 필요한 게 있으면 가져다줄 테니까."

"진짜 환장하겠네."

아렌트가 허탈하게 중얼대자 리히트가 인상을 썼다.

"열흘 만에 정신을 차린 게 기적이라고는 생각 안 하나? 대신관님의 신성력으로도 아직 다 회복하지 못했다는 것만 봐도 말 다한 셈인데."

잠깐이지만 호흡이 멎었다.

그때만 생각하면 아직도 모골이 송연해지는 두 사람이었다.

그 점에서는 변명의 여지가 없다는 것을 잘 알기에 아렌트는 그냥 입을 다물어 버렸다.

그러나 다른 쪽으로 배알이 뒤틀리고 말았다.

몇 날 며칠씩이나 그 빌어먹을 신의 신성력에 의지해 회복하고 있었단 것을 자각한 순간 속이 거북해진 거였다.

갑자기 아렌트의 얼굴이 파리해지자 아서가 놀라 물었다.

"뭐야, 왜 그래? 괜찮냐?"

구토감마저 올라오려는 것을, 아렌트는 억지로 꾹꾹 눌러 담았다.

"……괜찮겠냐고요. 좀 비켜 봐요. 앉게."

더 이상 누워 있을 수가 없어져 아렌트는 다시 상체를 일으켜 세웠다.

리히트의 눈치를 한 번 본 아서가 그가 자리에 앉도록 도와주었다.

그 작은 움직임만으로도 식은땀이 쏟아졌지만, 아렌트는 끝끝내 침대에 기대앉았다.

"후우, 일단 뭐가 어떻게 돌아가고 있는지나 좀 말해 봐요."

"헛소리하지 마라. 너 지금 눈 뜬 지 한 시간도 안 됐다."

아렌트의 말에 리히트가 미간을 찌푸렸다.

하지만 아렌트는 들은 척도 하지 않았다.

"애초에…… 여기 황자궁이라면서요. 선배들은 왜 여기에 있는데요?"

업무를 본격적으로 보기 시작한 칸타레스가 거처를 본궁으로 옮기며 황자궁은 거의 비다시피 한 상태였다.

거의 사용하지 않는 공간이니 칸타레스가 황자궁을 치료 공간으로 내준 것까지는 이해할 수 있었다.

이곳이라면 조용히 안정을 취할 수 있을 테니까.

하지만 낑낑대고 있을 때 제일 먼저 달려온 게 아서와 리히트라는 건 의아한 일이었다.

아무리 황실 기사단이라도 별 용건 없이 황자궁을 마음대로 들락거릴 수 있는 건 아니니까.

아서가 떨떠름한 얼굴로 대충 대답했다.

"사소한 건 신경 쓰지 말고."

"사소한 게 아닌 것 같은데."

아렌트가 뚱하니 중얼거렸지만 두 사람 다 순순히 말해 줄 기미는 보이지 않았다.

"그간 소란이 꽤 크게 일어난 모양이죠? 절 여기에다가 처박아 둔 걸 보아하니."

"……."

정곡을 찌르는 말에 아서와 리히트가 입을 꾹 다물었다.

한참 후, 아서가 한숨을 푹 내쉬었다.

"저거, 말해 줄 때까지 보채겠는데요."

"보채기만 하면 다행이다."

리히트 역시 떨떠름하게 대꾸했다.

아렌트의 성격상 정말 안심해도 되는 상황이라는 걸 알게 되기 전까지는 편히 쉬지 못할 게 뻔했다.

결국 그들에게 다른 선택지는 없었다.

슬쩍 서로 시선을 교환한 아서와 리히트가 동시에 한숨을 푹 내쉬었다.

리히트는 황태자와 라이오스에게 보고하러 자리를 비우고, 방에 남은 아서가 간략하게 상황을 설명해 주기로 했다.

침대에 파묻힌 채 아렌트가 물었다.

"에버란 왕국 쪽은요?"

"이래저래 피해가 적지는 않은데, 르웰린 왕자님은 무사하셔. 아티팩트도 지켜 냈다고 하시더라고. 호문쿨루스가 나타나긴 했는데 셰키나 님이랑 다이아나 단장님께서 처리하셨다고 하더라."

그들도 중상을 입었다가 회복 중이라는 건 일단 생략했다.

죽다 살아난 녀석에게 할 말은 아닌 듯했으니까.

아렌트가 다시 물었다.

"진은요?"

"르웰린 왕자님이랑 대치하다가 갑자기 텔레포트로 사라졌대. 성벽을 공격하던 구울들은 다 버려두고 혼자서만 내뺐다더군. 아마 로저가 갑자기 사라진 거랑 관련이 있을 것 같은데……."

아서는 잠깐 아렌트의 눈치를 보았다.

그와 시선을 마주친 아렌트가 미간을 찌푸렸다.

"놓쳤어요?"

"갑자기 사라졌어. 분명 그놈은 단장님한테 두들겨 맞고 의식이 없는 상태였는데도."

"그럼 외부에서 빼돌린 모양이네요. 진은 상황이 심상찮다는 걸 인지하고 내뺀 거고. 단장님이 성검을 손에 넣은 거죠?"

아렌트가 시큰둥하게 말하자 아서가 눈을 크게 떴다.

"……뭐야, 너 그걸 어떻게 알아?"

"앞뒤 정황만 따져도 대충 짐작할 수 있어요. 제가 선배처럼 둔한 사람인 줄 알아요?"

늘 그랬듯 뾰족한 대꾸가 튀어 나갔다.

아서는 인상을 쓰고 뭐라 구시렁거렸지만 거기에 더 토를 달지는 않았다.

"어쨌든 네 말대로, 단장님이 성검을 쥐셨고…… 로저를 몰아붙이셨는데."

그때를 떠올린 아서의 얼굴이 일그러졌다.

그렇게까지 이성을 잃어버린 라이오스는 처음 봤다.

그럴 만한 상황이긴 했지만, 두 번 다시는 마주하고 싶지 않은 광경이었다.

잠깐 뜸을 들이던 아서가 짐짓 아무렇지도 않은 척하며 아렌트를 보았다.

"……너 이제 큰일 났다."

"왜요?"

"진짜 몰라서 물어?"

맹한 물음에 아서가 까칠하게 대꾸했다.

"매번 개죽음이니 뭐니 지껄이던 주제에, 잘하는 짓이다. 너 알아서 해. 난 몰라."

"……."

이번에는 아렌트가 입을 다물 차례였다.

견습 기사의 얼굴이 떨떠름해졌다.

"혹시나 해서 묻는 건데, 단장님 멀쩡해요?"
"멀쩡하시겠냐? 단장님 성격은 너도 잘 알 거 아냐."
그것만으로도 충분한 대답이었다.
아렌트는 이마를 짚고 한숨을 푹 내쉬었다.
"하아……."
그럴 거라고는 생각했다.
살다 살다 '성검의 푸른 기사'의 주인공이 루체를 향해 원망을 퍼부어 대는 꼴을 볼 거라고는 예상치도 못했으니까.
"성검 때문에 난리 나지는 않았어요?"
"난리뿐이겠냐. 그런데 단장님이 그 상태니까 아무도 티는 못 내고 있지. 덤으로 황태자 전하께서도 기분이 안 좋으셨으니."
아서가 불퉁하게 내뱉자 아렌트가 고개를 기울였다.
"전하께서는 왜요?"
"왜겠냐고, 진짜!"
결국 아서가 눌러 담았던 짜증을 왈칵 터뜨렸다.
"멀쩡하게 나갔던 놈이 반 시체가 되어서 복귀했다고 생각해 봐. 누가 기분이 좋겠어?"
본격적으로 잔소리가 쏟아질 기미에 아렌트는 그냥 귀를 막아 버렸다.
"알았으니까 소리 지르지 마요. 귀찮아 죽겠네."
"남 일처럼 말하지 마, 좀! 너 죽다 살아났다니까? 숨 붙어 있는 게 기적이라고. 왜 답지도 않은 짓을 해선……."

"잠깐 돌았던 거죠, 뭐."

아렌트가 건성으로 손을 휘 내저었다.

"그냥 뒤도 안 돌아보고 튈 걸 그랬어요. 단장님이야 워낙 인간 같지도 않은 사람이니 알아서 잘했을 텐데."

"사람이 말하면 진지하게 좀 들어. 애초에 그럴 생각도 없으면서 말은 잘 지껄이지. 이 웬수 같은 새끼."

"됐고."

아서의 잔소리를 일축해 버린 아렌트가 화제를 돌려 버렸다.

"아직 말 안 해 준 게 있잖아요. 전 왜 여기에 처박아 뒀는데요? 선배들은 또 왜 여기에 있고."

"……."

아서가 짜증 가득한 얼굴로 입을 꾹 다물었다.

말하지 않겠다는 뜻이었다.

그를 힐끗 본 아렌트는 시큰둥하게 말을 이었다.

"선배가 바로 들어온 걸 보아하니 아마 문 앞에 있었던 것 같은데…… 병문안을 왔다면 방 안에 있었을 테고."

"……."

"보초라도 서고 있었어요? 그것도 좀 부자연스럽지 않나? 호위 대상이 될 만한 루미엘 대신관님도 지금은 안 계시잖아요."

아렌트의 말이 길어질수록 아서의 표정이 점점 경악에

물들어갔다.

"독한 새끼…… 그 와중에 그게 눈에 들어오던?"

"그렇다면 호위 대상이 나라는 뜻이겠고. 리히트 선배는 교대 때문에 오셨던 거죠? 주변이 조용한 걸 보아하니 아예 출입도 통제하는 것 같고. 일개 견습 기사에게 해 주긴 너무 호화로운 대접 아니에요?"

"……."

"성검이 움직였으니 그 자체로도 제국이 떠들썩하겠지만…… 그건 단장님 일이지, 제 일은 아니잖아요."

아서는 질린 눈으로 그를 내려다보았다.

아렌트의 말이 이어졌다.

"그리고 공식적인 임무에는 2인 1조가 기본인데, 아서 선배랑 리히트 선배가 따로 움직였다는 건 비공식 업무라는 걸 테고. 체르니온 교나 다른 세력의 습격이 걱정됐던 거라면 굳이 비밀리에 움직일 필요는 없으니…… 저는 지금 그 어느 쪽도 아닌, 뜻밖의 세력에게 위협을 받고 있다는 거네요."

언뜻 태연하게 이어지던 목소리가 점차 냉기와 날카로움을 띠기 시작했다.

"리히트 선배가 나가지 말라고 이야기한 것도 그냥 하는 소리처럼 들리지는 않는데, 내가 밖에 나가면 안 되는 이유라도 있어요?"

아렌트는 대답을 종용하는 눈으로 아서를 가만히 응시

했다.

 사람을 꿰뚫어 보는 듯한 황금색 눈동자에 아서는 점점 더 버티기 힘들어졌다.

 한참 동안 침묵하던 아서가 시선을 아래로 떨어뜨렸다.

 이제 거의 다 넘어왔다고 생각한 순간, 아서에게서 단호한 답이 돌아왔다.

 "말 안 해 줄 거다."

 "……."

 예상 밖의 반응에 아렌트가 눈살을 찌푸렸다.

 "뭐라고요?"

 "단장님이랑 전하께서 알아서 하실 일이야. 네가 상관할 바 아니니까 쉬어. 제대로 움직이지도 못하는 놈이 무슨 소리를 지껄이는 거야?"

 평소라면 못 이기는 척 넘어갔을 아서였지만 이번에는 단 한 발짝도 물러서지 않았다.

 아렌트는 점점 짜증이 나기 시작했다.

 "어차피 곧 알게 될 거잖아요. 지금 숨긴다고 뭐가……."

 "지금은 쉬라고! 사람이 말하면 좀 들어, 이 새끼야!"

 아서가 윽박지르는 어조로 그의 말허리를 뚝 잘라 버렸다.

 "나도 그렇고, 다른 선배들도 마찬가지야. 함부로 움직이기만 해 봐. 전하께 말씀드려서 어디 가둬 버리는 수가 있어."

아예 그렇게 못을 박아 버린 아서 덕분에 아렌트는 잠깐 말문이 막혔다.

이 미친놈들은 진짜로 실행하고도 남을 인물들이라는 걸 잘 아는 탓이었다.

그와는 별개로 답답한 것은 마찬가지였다.

성검 건과는 별개로 뭔가 심상찮은 일이 벌어졌다는 건 확실했다.

하지만 아서가 이런 상태라면 칸타레스나 다른 기사들도 입을 다물고 있을 게 뻔했다.

결국 아렌트가 고집스럽게 다시 캐물으려는 찰나.

콰앙!

문짝이 떨어져 나갈 기세로 열렸다.

갑자기 터져 나온 큰 소리에 반사적으로 문 쪽을 돌아본 아렌트는 이내 할 말을 잃어버리고 말았다.

"……."

라이오스가 문고리를 붙잡고 뛰어든 자세 그대로 뻣뻣하게 굳어 있었다.

얼마나 정신없이 달려온 건지 늘 정갈하던 푸른 머리칼은 흐트러져서 엉망이었다.

대충 걸친 제복 외투는 급하게 입느라 여기저기 구겨져 있었고, 늘 차분한 눈동자는 혼란과 놀람을 채 감추지 못하고 사정없이 흔들리고 있었다.

"와 씨……."

라이오스의 그런 몰골에 당황한 나머지, 순간 이런저런 걱정조차 날아가 버렸다.

입을 몇 번 벙긋대던 아렌트가 아득하게 중얼거렸다.

"이거 진짜 망했네."

"난 분명히 말했다? 너 알아서 하라고."

옆에서 아서가 밉살맞게 말했다.

아렌트가 미처 대답도 못 하고 있는데, 라이오스의 뒤에서 칸타레스가 고개를 빼꼼 내밀었다.

아렌트와 눈을 마주친 황태자가 씨익 웃었다.

"여어, 꼴 한번 봐줄 만하네."

"……."

놀리려는 의도가 다분한 한마디였다.

아렌트는 저도 모르게 붕대 감긴 손으로 주먹을 꾹 쥐었다.

진심으로 한 대 때려 주고 싶을 정도로 얄미웠다.

* * *

잔뜩 흐트러진 몰골로 나타난 것치고, 라이오스는 의외로 별 말 하지 않았다.

라이오스는 우선 아렌트에게 몸 상태에 대해서 꼬치꼬치 캐물은 다음, 곧 돌아온 루미엘과 치료사들이 검진하는 것을 유심히 지켜보았다.

그러고는 이제 괜찮을 거라는 확답을 듣고 나서는 더 말도 붙이지 않고 쌩하니 돌아가 버린 것이다.

잔소리조차 퍼붓지 않는 모습에서 아렌트는 뭔가가 단단히 잘못되었다는 걸 감지했다.

'완전히 맛이 갔는데?'

멀쩡하지는 않을 거라 생각하긴 했지만 예상보다 사태가 더욱 심각했다.

그 뒤로 며칠이 지나도록 라이오스는 코빼기도 비치지 않았다.

교대하듯 찾아오는 기사들이나 칸타레스가 이따금 아렌트에게 단장의 근황을 들려줄 뿐이었다.

"어지간한 사람은 옆에 갈 생각도 못 한다니까. 다른 분들도 말 걸기는커녕 시선만 피해 대기 바쁘시던데."

글렌과 교대해 들어온 라이더의 말이었다.

"딱히 이상한 일도 아니지. 원래도 무뚝뚝한 인상이신데다가 요즘에는 살기까지 풀풀 풍겨 대시니."

"회의에서는 별말 없었어요?"

라이더가 가져다준 과자를 입에 넣으며 아렌트가 물었다.

라이더는 손을 휘휘 내저어 보였다.

"그럴 리가. 초대 황제 폐하의 시대 이후로 처음 성검이 움직인 건데. 귀족분들도 사병을 늘리니 뭐니 하면서 난리도 아냐."

아렌트의 물음에 라이더가 툴툴거렸다.

성검이라는 말에 아렌트의 미간이 다시 찌푸려졌다.

"분위기는 어떤데요?"

"뒤숭숭하지, 뭐. 영웅으로 선택받은 라이오스 단장님이 내내 심기가 불편하신 데다가…… 성검이 움직였다는 건 본격적으로 전쟁이 시작될 징조라는 거니까."

의자에 등을 툭 기대며 라이더가 툴툴거렸다.

아렌트가 슬쩍 인상을 찌푸렸다.

"그게 다예요?"

"그럼 뭘 바라는데? 환자는 잘 먹고 잠이나 자."

"……."

"군것질거리 더 필요하냐? 제레온 보좌관님이 너 주려고 이것저것 많이 쟁여 놓으셨다던데."

뼈가 든 말에도 라이더는 모르는 화제를 돌려 버렸다.

자신은 해 줄 이야기가 전혀 없다는 태도였다.

"하아…… 진짜 환장하겠네."

라이오스는 라이오스대로 코빼기도 비치지 않고, 기사들은 며칠 내내 이런 상태였다.

아렌트가 한숨을 푹 내쉬자 라이더가 쯧 혀를 찼다.

"그냥 포기해. 단장님이 너 한 발짝이라도 밖으로 내보내면 우리 전부 다 뒈진댔으니까."

"……."

"아, 르웰린 왕자님께서 보내신 책이랑 과자도 있어. 생활관에 있으니 이따가 아서한테 들려서 보내 줄게. 그러고 보니 노이만 상단주님도 뭔가 보내셨대. 지금 보니까 너 진짜 인맥 특이하네."

라이더가 제멋대로 주절대자 아렌트는 그냥 입을 다물어 버렸다.

눈치를 보아하니 시종들의 출입조차 막아 버린 모양이었다.

필요한 물건은 수시로 교대하는 기사들이나 상태를 보러 온 치료사, 혹은 신관들이 직접 가지고 왔다.

아렌트는 신경질도 내고 협박도 해 봤지만, 이번에야말로 모두가 단단히 작정했는지 아무것도 먹혀들지 않았다.

'진짜 이 징한 것들.'

심지어는 이따금 찾아오는 루미엘 대신관 마저도 일단은 회복에 전념하라며 애매한 미소와 함께 대답을 회피해 버렸다.

그렇다고 뛰쳐나가자니 지금 상태로는 창문으로 뛰어내리는 것도 불가능하고, 문 앞은 하루 종일 기사들이 지키고 있는 판이었다.

덕분에 아렌트는 며칠째 호화로운 감금 생활을 할 수밖에 없었다.

'환장하겠네.'

몸이 이곳저곳 쑤시는 것 외에는 정신이 지나칠 정도로 말짱해서 더욱 괴로웠다.

게다가 혼자 생각 정리라도 할라치면 동료들이 불쑥 나타나 말을 걸어 대니 그것도 불가능했다.

모두가 약속이라도 한 듯 그렇게 일사불란하게 움직이는 꼴이, 아무래도 미리 작전을 짠 것 같았다.

'아마 지시를 내린 사람은 라이오스 단장일 테고.'

짜증이 치솟았다.

하지만 정작 본인이 코빼기도 보이지 않으니 반격하는 것도 불가능했다.

결국 아렌트는 복수를 다짐하며 과자나 씹을 수밖에 없었다.

하지만 며칠 뒤.

아렌트는 예상치 못한 곳에서 의외의 단서를 얻을 수 있었다.

그리고 제가 생각했던 것보다 훨씬 상황이 나빴음을 깨닫고 말았다.

* * *

그날도 아렌트는 반강제적으로 편안한 생활을 하던 중이었다.

글렌과 쓸데없는 말싸움을 벌이며 뭐든 먹이는 대로 받

아먹던 아렌트는 지루함을 이기지 못하고 까무룩 잠이 들었다.

그러다 문득 이질적인 기척에 눈을 떴더니, 대신전을 드나들며 제법 안면을 익혔던 젊은 신관을 발견했다.

벤노였다.

글렌은 잠깐 자리를 비웠는지, 그 혼자서 선반 위의 붕대며 약들을 정돈하고 있는 게 보였다.

"……벤노 신관님?"

"아, 아렌트 경. 일어나셨군요."

눈을 끔뻑이던 아렌트가 그를 부르자, 벤노가 사람 좋은 미소를 지으며 그에게 인사를 건넸다.

"대신관님께서 보내셨습니다. 순조롭게 회복하고 계시는지 궁금하시다더군요."

"대신관님도 바쁘실 텐데 너무 신경 쓰지 마시라고 전해 주세요."

상체를 일으켜 세우며 아렌트가 뚱하니 대답했다.

그러자 벤노가 쓰게 미소 지었다.

"얼마 전부터 신전 측의 치료도 거절하셨다고 들었습니다. 그러니 대신관님께서도 걱정하실 수밖에요."

"치료사들도 있으니까요. 이제 괜찮습니다."

아렌트가 아무렇게나 답을 내주었다.

'사실은 그 망할 신의 신성력을 접할 때마다 속이 뒤집어질 것 같아서 그랬던 거지만.'

외상은 나을지언정 신성력을 접할수록 더욱 컨디션이 나빠지는 기분이었다.

심지어 최근 들어서는 퍼붓는 신성력에 비해 상처 회복 속도도 상당히 더뎠다.

신관들은 체르니온 교의 신성력을 담은 공격에 당한 탓에 회복이 늦어지는 것 같다고 말했지만, 아렌트는 그게 아니라는 걸 알고 있었다.

그의 무의식이 루체의 신성력을 거부하고 있는 거였다.

하지만 루체 신전의 신관들에게 그런 소리를 지껄일 수는 없었다.

다행히 사람 좋고 눈치 없는 벤노는 아렌트의 말을 선의 가득하게 해석한 모양이었다.

"아렌트 경이야말로 사양하지 않으셔도 괜찮습니다. 대신전과 성검을 지키기 위해 싸우시다가 입으신 부상이니, 당연히 완쾌하실 때까지 곁을 지켜 드려야지요. 대신관님도 분명 그렇게 생각하실 겁니다."

"예에……."

아렌트가 떨떠름하게 대답했다.

이만 화제를 바꾸고 싶다는 신호였지만, 벤노는 그럴 생각이 전혀 없어 보였다.

"아렌트 경께서 루체 님에 대한 무한한 믿음을 몸소 보여 주셨으니, 저희 신관들도 본받아야지요. 존경스럽습니다."

건성으로 듣던 아렌트는 문득 인상을 구겼다.

"잠깐만요, 신관님. 제가 뭘 보여 줬다고요?"

"기도하지 않으신다 말씀하셨지만, 역시 정의로운 분이실 줄 알고 있었습니다."

벤노는 그의 어조에서 언짢음을 읽어 내지도 못하고 기분 좋게 주절거렸다.

"루체 님께서도 아렌트 경의 그 마음에 감동하신 거겠지요. 저도 루체 님께 감사 기도를 드려야겠습니다."

"……."

"다른 사람들도 찬사를 아끼지 않는다고 들었습니다. 아렌트 경을 직접 뵙고 싶어 하시는 분들도 많다고 합니다. 그분들 모두가 아렌트 경의 쾌차를 기도하고 계십니다. 무려 루체 님의 기적을 직접 경험하신 분이니까요."

"그……."

깊은 신앙으로 반짝이는 벤노의 얼굴을 본 아렌트는 말문이 막히고 말았다.

뭔가가 잘못되어도 한참 잘못된 것 같았다.

한참 만에 아렌트가 더듬더듬 입을 열었다.

"잠깐만…… 신관님, 뭐가 어떻게 됐다고요?"

그제야 아렌트의 낯빛을 본 벤노가 멈칫했다.

유순한 눈을 끔뻑이던 벤노가 그의 눈치를 살피며 조심스럽게 물었다.

"……그, 제가 무슨 말실수라도?"

"……."

그제야 아렌트는 제 얼굴이 딱딱하게 굳었다는 것을 깨달았다.

눈치 없는 벤노까지 알아볼 정도로 표정 관리에 실패한 것이다.

아렌트는 터져 나오려는 한숨을 꾹꾹 담아내며 관자놀이를 주물렀다.

잠시 후, 다시 고개를 든 아렌트는 사람 좋은 미소를 짓고 있었다.

"아니에요. 그럴 리가요. 그나저나 뭐가 어떻게 되어 가고 있다고요? 여기에만 있으니 어떤 분위기인지 알 수가 없는데, 심심하니 이것저것 이야기나 좀 해 주세요."

그제야 벤노가 안도하며 다시 환하게 웃었다.

"아아, 그러시군요. 아렌트 경께서는 활발한 성정을 지니셨으니 갑갑하실 만도 합니다."

다른 사람들이라면 아렌트의 미소를 본 순간 몸서리를 쳤겠지만, 불행하게도 좋은 게 좋다는 마음가짐으로 세상을 살아가는 벤노에게는 해당 사항이 없었다.

"신전에 있는 모두가 기뻐하고 있습니다. 라이오스 경께서는 성검의 선택을 받으셨고, 아렌트 경께서는 몸소 루체 님의 기적을 입으셨으니…… 그야말로 신성 제국의 귀감이지요."

아렌트는 그제야 뭐가 어떻게 돌아가는지, 왜 자신이 이곳에 있으며 기사들이 과민 반응을 보였는지 모두 이해할 수 있었다.

* * *

늦은 밤, 교대하러 들어온 아서마저 밖으로 쫓아내 버린 아렌트는 어두운 방에서 생각을 차근차근 정리했다.
'성검이 라이오스 단장에게 넘어갔다는 소식은 이미 다 알려졌고.'
신이 선택한 영웅, 성검의 주인.
라이오스의 새로운 별명이었다.
'성검의 푸른 기사', 즉, 실패를 경험한 지난번의 라이오스와도 같은 별명이었다.
그리고 의식 불명이었던 열흘 동안, 아렌트는 영웅을 지켜 낸 대가로 신의 축복을 입은 자가 되어 있었다.
"하……."
헛웃음이 흘러나왔다.
아렌트가 신을 믿지 않는 사람이라는 건 유명한 사실이었다.
그러나 루체는 불신자도 무시하지 않고 자비를 내려 주었다.
이런 이야기가 황궁에 퍼져 있었다.

기도하렴, 이곳에 있을 테니 〈285〉

아렌트를 치료하기 위해 들어왔던 신관들을 중심으로 퍼진 소문이었다.

당연히 즉사해야 할 상처였다.

그러나 심장을 베이고도 견습 기사는 죽지 않았다.

'어떻게 살아 있는지 의아했겠지.'

치료를 위해 아렌트의 옷을 벗긴 신관들은 얼마 지나지 않아 그 기이한 현상의 원인을 알 수 있었다.

신성한 빛이 가슴의 치명상을 서서히 회복시키며, 꺼져 가는 숨을 이어 붙여 주고 있던 것이다.

신비롭고 은혜로운 광경이었다.

게다가 라이오스를 구했다는 미담까지 알음알음 퍼져 나가며 그간 아렌트가 세웠던 공들이 재조명받기 시작했다.

견습 기사의 신분으로 지금껏 아렌트가 해냈던 온갖 일들이 부풀려져 사람들의 입에 오르내렸다.

불신자였던 아렌트가, 사실은 영웅을 돕기 위해 신이 보낸 사자일지도 모른다는 소문이 퍼지는 것도 순식간이었다.

시트 위에 놓인 아렌트의 주먹에 힘이 들어갔다.

"망할……."

거기까지 들으니 뭐가 어떻게 된 건지 대충 이해할 수 있었다.

망나니 견습 기사가 하루아침에 신의 사자라는 거창한 이름으로 불리기 시작했다.

신의 은총을 직접 경험한 아렌트를 병문안하기 위해 사람들이 구름처럼 몰려들었고……

그중 몇몇은 직접 만나 봐야겠다며 과격한 행동을 보여, 그들은 아렌트를 이곳으로 옮기고 보초까지 세워야 했다.

게다가 자신이 신의 사자 취급을 받고 있다는 걸 알게 되면 아렌트가 가만히 있을 리 없으니, 지금껏 쉬쉬하며 입을 다물고 있던 거였다.

아렌트의 성정을 충분히 이해하고 있는 루미엘 대신관 역시 그의 안정을 위해 비밀을 지켜 주었지만, 그저 해맑은 벤노의 입까지 막기란 불가능했다.

'이렇게 나온다고?'

빌어 처먹을 신의 수작질이었다.

그가 '아렌트'라는 배역을 골랐으니, 루체는 자신의 취향에 맞는 역할을 대본에 멋대로 추가한 것이다.

문득 깨어나기 직전 들었던 음성이 떠올랐다.

— 기도하렴. 여기에 있을 테니.

퍽 자비를 베푸는 듯한 목소리였다.

구역질이 치솟았다.

입술을 꾹 깨문 아렌트가 한참 만에 입을 열었다.

"나와요."

어둠에 잠긴 방에서는 당연히 아무런 답도 돌아오지 않았다.

"안 들리나?"

그 침묵에 다시 한번 분노가 치밀어, 아렌트는 아무도 없는 곳을 향해 발작적으로 외쳤다.

"아, 나와 보라고! 듣고 있는 거 아니까!"

갑자기 큰 소리가 터져 나오자 밖을 지키던 아서가 놀라 안으로 뛰어 들어왔다.

"뭐, 뭐야? 왜 그래?"

아서가 캐묻는 말에도 아렌트는 여전히 샛노란 시선으로 어둠 속만을 노려볼 뿐이었다.

가까이 다가서려던 아서는 그 자리에 멈칫 굳어 버렸다.

아렌트의 옆얼굴이 무서울 정도로 싸늘하게 식어 있는 탓이었다.

얼음장처럼 차가운 눈동자는 날것 그대로의 분노를 고스란히 드러내고 있었다.

적들을 상대할 때도 여유를 잃어버리지 않던 그에게서는 처음 보는 표정이었다.

"아, 아렌트? 갑자기 무슨……."

당황한 아서가 그에게 다가서려는 순간, 아렌트가 노려보던 어둠 한구석에서 갑작스러운 존재감이 느껴졌다.

반사적으로 홱 고개를 돌린 아서는 홀연히 모습을 드러

낸 렉시온과 눈을 마주쳤다.

"……."

아서가 짧게 숨을 삼키며 움직임을 멈췄다.

그를 힐끗 본 렉시온은 아서는 그대로 무시해 버린 채 아렌트 쪽으로 시선을 던졌다.

"왜 그러지? 당분간 유유자적 요양이나 즐길 줄 알았는데."

렉시온이 차갑게 툭 내뱉는 말에 아렌트가 비릿한 미소를 지었다.

"썩을, 잘도 그러겠네요. 왜 여태껏 안 나타나나 했더니……."

"왜 그렇게 언짢아 보이는지 모르겠는데."

무표정한 얼굴로 렉시온이 빈정거렸다.

"새로 얻은 명성도 제법 자자한 모양이고. 영광을 얻었군, 아렌트 폰 에크하르트."

그제야 아서는 뭐가 문제인지 깨달았다.

그렇게 철통으로 방어했지만 기어코 아렌트의 귀에 바깥 상황이 들어가고 만 거였다.

그러고 보니 글렌이 잠깐 자리를 비운 사이 벤노 신관이 다녀갔다는 이야기를 전해 듣긴 했다.

아서가 급하게 렉시온을 말리려 그에게 성큼 다가섰다.

"렉시온 님, 잠깐……!"

"왜 언짢아 보이냐고? 뭐, 명성? 영광이요?"

하지만 그보다 아렌트가 싸늘하게 내뱉는 것이 더 빨랐다.

"진심으로 그렇게 생각하십니까?"

"아닌가? 지금의 너로서는 잃을 게 전혀 없다만."

렉시온 역시 차갑게 대답했다.

입을 다문 두 사람은 서로를 가만히 노려보기만 했다.

두 사람 사이에 낀 아서는 어찌할 바를 몰랐다.

애초에 분노한 아렌트가 갑자기 렉시온을 불러낸 이유도, 부른다고 곧이곧대로 렉시온이 나타난 까닭도 이해할 수 없었다.

렉시온은 대신전에서의 싸움이 시작되기 전 돌연 모습을 감췄다.

그 뒤에는 워낙 정신이 없었던 탓에 렉시온의 행방을 궁금해할 틈도 없던 그들이었다.

그저 또 변덕을 부려 어디론가 떠났겠거니 짐작했을 뿐이었다.

하지만 지금 대화를 듣자 하니 그것도 아닌 것 같았다.

'주변에서 계속 지켜보셨던 건가?'

그러고 보니 두 사람이 나누는 이야기도 어쩐지 부자연스럽게 들렸다.

하지만 아서가 그 위화감의 정체를 제대로 깨닫기도 전, 렉시온이 다시 입을 열었다.

"그분의 이름을 등에 업는 데는 성공했으니, 이제 전쟁을 승리로 이끌기만 하면 되겠군. 잘된 일 아닌가?"

"잘된 일이라고 말하는 사람의 태도가 아닙니다만."

아렌트가 비릿한 미소를 지으며 빈정댔다.

"왜요, 내가 약속을 잊었을까 봐 불안하시기라도 합니까?"

"아니, 불안한 게 아니라."

어둠 속에서 렉시온의 붉은 눈동자가 스산하게 빛났다.

"경계하는 거다."

"……."

아렌트가 입을 다물었다.

할 말이 없어서 그런 게 아니라, 온갖 말이 치솟아 오르는 것을 억누르기 위한 침묵이었다.

금안에 누군가를 향한 강한 증오가 차오르기 시작했다.

하지만 그 증오가 향한 곳은 렉시온이 아니었다.

아서는 아연해졌다.

도대체 뭐가 어떻게 돌아가는지 알 수가 없었다.

한참 동안 침묵하던 아렌트가 몸을 반쯤 덮고 있던 이불을 걷어 내고 침대 밖으로 빠져나왔다.

양발로 땅을 디딘 순간, 중심을 잡지 못한 아렌트가 휘청거렸다.

"야, 야!"

퍼뜩 정신을 차린 아서가 달려가 붙잡아 주려 했지만, 아렌트는 아서의 손을 매몰차게 쳐 내 버렸다.

"후……."

잠깐 통증을 삼키려는 듯 아렌트가 그 자리에 서서 천천히 숨을 내뱉었다.

잠시 후, 고집스럽게 두 다리로 버티고 선 아렌트가 고개를 들어 렉시온을 똑바로 노려보았다.

"잠깐 저랑 가시죠."

"……."

렉시온의 눈썹이 꿈틀 움직였다.

그가 미처 뭐라 대답하기도 전, 참다못한 아서가 버럭 고함을 쳤다.

"야, 미친놈아! 이 시간에 가긴 어딜 가? 렉시온 님도 그만하세요! 아직 회복도 덜 된 놈인데……!"

"잘됐네. 선배도 같이 가요."

하지만 아렌트의 건조한 목소리가 그의 말을 중간에 뚝 끊어 버렸다.

더 이상 토를 다는 건 용납하지 않겠다는 기세였다.

아서가 당황해서 물었다.

"그러니까 도대체 어딜 간다는 거냐고, 이 자식아!"

여전히 렉시온을 노려보며 아렌트가 짓씹듯 대꾸했다.

"대신전이요."

렉시온과 아서, 아렌트는 조용한 대신전의 입구에 섰다.

심야의 대신전에서는 인기척이라곤 전혀 느껴지지 않았다.

하루를 일찍 시작하고 일찍 정리하는 신관들은 이미 잠든 시간이었고, 이따금 경비를 서는 기사들만이 신관들의 단잠을 깨울세라 조용히 걸음을 옮길 뿐이었다.

신전에는 여전히 그날의 참상이 고스란히 남아 있었다.

복구공사가 시작되긴 했지만, 워낙에 파손된 부분이 광범위한지라 모두 정돈되려면 한참은 걸릴 것 같았다.

엉망이 된 성전을 거대한 루체 신상이 가만히 내려다보고 있었다.

아서가 떨떠름하게 중얼거렸다.

"여긴 갑자기 왜……."

혼자 보내는 것보다야 낫다 싶어 따라오긴 했지만, 아서는 여전히 뭐가 어떻게 돌아가는지 전혀 이해하지 못했다.

'렉시온 님의 말씀도 틀린 건 아니지.'

아렌트는 명예와 영광을 얻었다.

하지만 그건 아무도 원치 않던 명예였다.

최전선에서 싸우던 녀석이 치명상을 입고 죽어 가던 판이었다.

그런 와중에 편안하고 안락한 곳에 몸을 숨기고 있던 자들이 신의 은총이 내렸다며 박수를 쳐 대는 게 치가 떨릴 정도로 싫었던 아서였다.

심지어는 신앙이 깊은 리히트조차도 분노를 감추지 못했다.

그런 마당이니 신에게 거부감을 보이는 아렌트가 가만히 있을 리 없다고, 모두가 그리 의견을 모았는데.

앞서가는 아렌트를 보는 아서의 눈에 심란함이 가득 찼다.

'설마 이렇게까지 동요할 줄은 몰랐는데.'

아렌트는 금방이라도 넘어질 것처럼 위태로운 걸음으로 한 발 한 발 내디뎠다.

제대로 묶지도 못해 아무렇게나 흘러내린 은발 사이로 보이는 옆얼굴은 여전히 차갑게 얼어붙은 채였다.

옆으로 가서 부축해 주고 싶었지만, 아까 매몰차게 거절당한 탓에 함부로 다가서지도 못하고 있었다.

솔직히 저 꼴을 보고 있자니 부축은커녕 말을 걸 엄두도 나지 않았다.

'지금은 그냥 지켜보는 게 낫겠지.'

렉시온 역시 더딘 걸음이 답답할 만한데도 그저 잠자코 아렌트가 이끄는 대로 따라가기만 할 뿐이었다.

언제나 부드러운 평화로움이 감돌던 대신전이었지만 지금만큼은 어쩐지 다르게 느껴졌다.

곳곳에 놓인 루체 신상과 천사 조각들의 시선이 마치 그들을 감시하는 것 같았다.

아서는 애써 섬뜩한 감각을 무시하며, 단지 아렌트가 넘어지지 않는지 지켜보는 데에만 온 신경을 곤두세웠다.

"……."

한참을 말없이 움직이던 아렌트가 멈춰 선 곳은 대신전에서 가장 넓은 기도실 앞이었다.

대기도실은 마음의 위안이 필요한 사람들이 언제든지 찾아올 수 있도록 항상 개방되어 있었다.

신도들을 언제 어디서나 굽어살펴 주는 루체의 자비로움을 상징하는 공간이었다.

양각으로 루체 신의 문양이 새겨진 문과 세 사람이 마주했다.

아렌트는 여전히 아무 말도 없이 손을 들어 문을 힘껏 밀었다.

끼. 끼긱.

육중한 문이 천천히 벌어지며 마찰음을 냈다.

무거운 문이 약간 버거웠는지 아렌트의 미간이 살짝 찌푸려졌다.

결국 보다 못한 아서가 앞으로 나섰다.

"비켜. 내가 할 테니까."

아서를 힐끗 본 아렌트는 순순히 뒤로 물러섰다.

아서가 그와 교대해 나선 뒤에야 문이 수월하게 열렸다.

오색찬란한 스테인드글라스 사이로 스며든 은은한 달

빛이 한밤중의 기도실을 부드럽게 감싸 안았다.

"……."

대신전의 거대한 루체 신상 다음으로 가장 유명한 신상이, 은색의 달빛을 고스란히 받아 내며 불청객 세 사람을 맞이했다.

쿵.

그들의 뒤에서 문이 닫혔다.

"뭘 어쩔 셈이지?"

드디어 렉시온이 입을 열었다.

당장 대답하는 대신, 아렌트는 터덜터덜 걸음을 옮겨 기도실을 내려다보는 루체 신상을 향해 천천히 다가갔다.

상아색의 신상이 월광을 품고 새하얀 빛을 냈다.

아렌트는 신상을 똑바로 마주 볼 수 있는 곳에서 멈춰 섰다.

그에게도 스테인드글라스를 통과한 달빛이 서렸다.

신상 앞에 서서 달빛을 받은 아렌트는 유달리 새하얬다.

마치 시선을 마주치기라도 하듯, 루체 신상을 한참 동안 물끄러미 올려다보던 아렌트가 툭 내뱉었다.

"항상 곁에서 지켜보면서…… 필요한 사람이 있다면 인자하게 보살핀다고요?"

렉시온은 대답하지 않았다.

아서 역시 뭐라고 대꾸해야 할지 몰라 입을 꾹 다물고 있었다.

그저 주춤주춤 아렌트의 곁으로 가까이 다가갔을 뿐이었다.

아렌트가 천천히 말을 이었다.

"이 세상에 빛이 존재하는 한 어디든 볼 수 있고, 들을 수 있다는 거죠. 자비로운 데다가, 또 뭐더라. 기억이 안 나지만, 어쨌든."

아렌트의 입술이 부드러운 곡선을 그렸다.

"루체 님은 다 죽어 가던 불경한 놈까지 자비롭게 살려 줄 정도로 대단하신 분이라는 거잖아요?"

한 번 번지기 시작한 미소는 점점 더 커져 결국 노골적인 비웃음까지 터져 나왔다.

"하하하! 나는 무려 그 대단하신 분이 선택한 성검의 영웅과 함께 은총을 받은 신의 심부름꾼이라는 거고. 이야, 영광이네. 아주 몸 둘 바를 모르겠어요."

하지만 그 웃음소리는 한순간에 뚝 멈춰 버렸다.

기도실 안에 잠깐 스산한 정적이 흘렀다.

숨 막히는 공기 속, 아렌트의 목소리가 다시 침묵을 깼다.

"기도라…… 그거 좋죠. 위대하신 신께 이 하찮은 미물 좀 보살펴 달라고 부탁하는 거였던가? 그걸로 인생이 좀 편해진다면야, 못 할 것도 없어요."

한없이 무미건조한 목소리였다.

"한 번도 해 본 적이 없어서 어떻게 해야 하는지 잘 모르겠네."

"……."

"렉시온 님."

달빛을 품은 황금색 눈동자가 소리 없이 움직여 렉시온을 곁눈질했다.

"두 눈으로 똑똑히 보세요. 이 불경하기 짝이 없는 불신자 새끼가 어떻게 회개하고 기도하는지."

다음 순간, 부드럽게 손을 뻗은 아렌트가 아서의 허리춤에 매달린 검을 붙잡았다.

미처 아서가 말릴 틈도 없었다.

매끄럽게 뽑혀 나간 검이 어둠 속에서 번뜩였다.

콰아앙!

날카로운 파열음이 어둠을 찢어발겼다.

아서는 한동안 무슨 일이 일어난 건지 제대로 인지하지 못했다.

잠시 후.

한 치의 오차 없이 잘려 나간 루체 신상의 목이 천천히 몸통에서 굴러떨어졌다.

쿵.

대리석 바닥에 부딪힌 루체 신상의 머리에 쩍 금이 갔다.

검을 쥔 채 위태롭게 선 아렌트가 씨익 비릿한 미소를

지었다.

"구경할 기회는 영원히 찾아오지 않을 테지만."

아렌트는 바닥을 구르는 머리 위에 검을 쑤셔 박아 넣었다.

콰드득.

자애로운 미소를 짓던 머리통이 그대로 산산조각 났다.

뒤늦게 상황 판단을 끝낸 아서의 얼굴이 새파랗게 질렸다.

"너, 너……."

"어때요?"

하지만 아렌트는 그의 말을 들어 줄 생각이 전혀 없어 보였다.

목이 잘려 나간 신상을 등진 아렌트가 몸을 돌려 렉시온을 똑바로 노려보았다.

"이 정도면 대답이 됐습니까?"

"……."

렉시온은 아무런 대답도 하지 않았지만, 그의 붉은 눈동자에 이채가 돌았다.

"하아…… 심부름꾼 좋아하시네."

움직임이 힘에 버거웠던지 아렌트가 천천히 한숨을 내쉬었다.

"전 언제나 제 의지대로 움직일 뿐이에요. 저 빌어먹을 개새끼랑 엮지 마세요."

툭.

아렌트의 손아귀에서 검이 떨어져 바닥을 뒹굴었다.

"감히 내 이야기에 저깟 신을 끼워 넣지 말라고. 기분 더러우니까."

서늘한 목소리에는 노골적인 증오가 담겨 있었다.

"답지 않게 멍청한 단장을 지키겠다고 대신 뛰어든 것도 내 결정이고, 살아 돌아온 것도 내 의지예요. 그런데…… 자비? 은혜?"

가라앉아 있던 음성이 점점 격앙되기 시작했다.

"웃기는 소리. 지독한 저주겠죠."

무대에 남는 것을 선택한 이상 어떻게든 연기를 이어가야 했지만, 지금은 차마 그럴 수 없었다.

그가 이곳에 남는 대신 뭘 포기하고 왔는지, 이들은 영원히 모를 것이다.

아렌트가 직접 털어놓지 않는 이상 저들은 알 수도 없고, 알릴 생각도 전혀 없었다.

'어차피 이 세계에서 난 아렌트 폰 에크하르트일 뿐이지.'

포기한 무대 밖의 이름은 이제 의미가 없어졌다.

스스로 한 선택이니 후회는 없었다.

그러나 지금 느끼는 이 지독한 모멸감은 주체할 길이 없었다.

무대 밖 이수현의 삶은 분명 보잘것없었다.

그러나 고작 신의 은총이라는 말 따위로 없던 셈 칠 정도로 무가치하지도 않았다.

분노 때문에 손이 덜덜 떨렸다.

아렌트가 주먹을 꽉 쥐었다.

손톱이 살갗을 파고들며 피가 뚝뚝 떨어졌다.

"난 지금 저 개새끼의 면상을 진흙탕에 처박아도 시원찮은 판이라고."

조용한 기도실에 혐오감 가득한 목소리가 울려 퍼졌다.

한참 동안 침묵하던 렉시온이 운을 뗐다.

"그렇다면 진영을 배신할 생각인가?"

"라이오스 드 윈프리드를 칭송받는 영웅으로 만들 겁니다. 무슨 수를 써서라도."

한 치의 망설임 없는 대답이 돌아왔다.

이 전쟁을 칼리온 제국의 승리로 이끌겠다는 선언이었다.

살기 등등한 눈으로 렉시온을 똑바로 노려보며, 아렌트가 짧게 덧붙였다.

"하지만 그게 루체 신의 영광이 될 일은 없어요. 절대로."

"이유는?"

"내 기분이 더러우니까."

다른 어떤 맹세보다도 무거운 말이었다.

그제야 렉시온의 얼굴에 옅은 미소가 드리웠다.

"그렇군."

감정을 쏟아 낸 통에 이제는 제대로 서 있는 것조차 버거운지, 아렌트의 자세가 점차 흐트러지고 있었다.

"계약 성립이다."

담백하게 선언한 렉시온이 아렌트를 향해 손을 뻗었다.

"네가 변심하지 않는 이상, 앞으로 나는 네 조력자로서 성심성의껏 협력하지."

아렌트가 갑자기 제 눈앞에 다가온 손을 멍하니 쳐다본 순간, 렉시온의 마력이 아렌트에게 스며들었다.

독기를 가득 품었던 아렌트의 눈이 스륵 감기며, 맥이 풀린 몸이 줄이 끊어진 인형처럼 앞으로 허물어졌다.

"아……!"

아서가 반사적으로 달려가 그를 붙잡으려 했지만, 렉시온이 더 빨랐다.

한순간에 잠들어 버린 아렌트를 한 팔로 가뿐히 받아 낸 렉시온이 뻘쭘한 자세로 선 아서에게 시선을 주었다.

"고등 치료 마법을 시전했으니, 3일쯤 자고 일어나면 움직일 수 있겠지."

자신에게 기대 있는 아렌트를 힐끗 곁눈질한 렉시온이 다시 아서에게 시선을 주었다.

"아, 이놈이 눈 뜨기 전에 소문은 미리 정리해 두는 게 좋을 거다. 애송이가 또 발작하는 꼴 보고 싶지 않다면."

"……."

아서는 아무런 대답도 하지 못했다.

그는 뻣뻣하게 굳은 채 렉시온과 아렌트, 그리고 바닥에 나뒹구는 파손된 신상의 잔해를 번갈아 보았다.

한참 만에 아서가 말라비틀어진 입술을 움직였다.

"무슨…… 도대체 무슨 일이 일어난 겁니까?"

"오늘 본 걸 똑똑히 기억해 두도록."

렉시온이 담백하게 대답했다.

"넌 이 애송이와 나 사이에 오간 계약의 증인이니."

"……계약의 증인이요?"

멍하니 듣던 아서가 황망히 중얼거렸다.

하지만 렉시온은 더 이상 자세하게 설명해 주지는 않았다.

"나중에 이놈한테 물어보든가. 대답해 줄지는 미지수지만, 어쨌든 들은 대로다. 나는 방금 이 녀석을 신뢰하기로 결심했고……."

그와 시선을 맞추며 렉시온이 또박또박 덧붙였다.

"내가 아렌트 폰 에크하르트의 의지에 반하는 일을 할일은 앞으로 절대 없을 거다."

그렇게 말하는 렉시온 역시 썩 개운한 표정은 아니었다.

몇 번이고 주먹을 쥐었다 폈다 하기를 반복하던 아서는 결국 시선을 바닥으로 떨어뜨리고 말았다.

혼란스러웠다.

* * *

"……하아."
칸타레스는 터져 나오는 한숨을 굳이 눌러 담지 않았다.
한숨이라도 내쉬지 않으면 복장이 터져서 미쳐 버릴 것 같았기 때문이었다.
원인은 딱 하나.
제복을 말끔하게 갖춰 입은 채 불쑥 나타난 아렌트 때문이었다.
며칠 전과는 비교도 할 수 없을 정도로 멀쩡한 모습이라, 군데군데 남은 붕대와 반창고가 아니었더라면 아무 일도 없었다는 착각이 들 지경이었다.
"야."
"왜요."
싸가지 없는 단답에 온갖 말이 치솟아 올랐다.
하지만 도대체 무슨 말부터 해야 할지 고를 수가 없었다.
'젠, 이 자식…….'
제레온은 아렌트를 본 순간 간식거리를 가져오겠다며 슬그머니 자리를 비워 버렸다.

느지막이 돌아올 보좌관의 손에는 견습 기사에게 내줄 과자와 함께, 황태자를 위한 위장약도 함께 들려 있을 것이다.

자신까지 위장에 구멍 나고 싶지 않다는 적극적인 의사 표명이었다.

"……지금 하고 싶은 말은 너무 많은데. 일단 이거 먼저 물어보자."

"뭔데요?"

"왜 그랬냐?"

주어 없는 물음이었지만 아렌트는 어렵잖게 알아들을 수 있었다.

며칠 전 느닷없이 대신전에 들어가 신상을 부숴 버린 일을 말하는 거였다.

아렌트가 삐딱하게 고개를 기울였다.

"진짜 몰라서 물어요?"

"……하아아아."

그 대꾸에 칸타레스는 깊은 곳에서 끌어 올린 한숨을 한 번 더 토해 내고 말았다.

자연스레 며칠 전 일이 떠올랐다.

밤사이 대신전에 침입한 누군가가 대기도실의 신상을 파손하는 사건이 터졌다.

신전에서 가장 아름답기로 손꼽히는 신상이, 그냥 부서진 것도 아니고 참수당한 꼴로 발견된 것이다.

대신전이며 황궁이 발칵 뒤집어진 것도 당연한 일이었다.

 곧장 수사가 시작되었지만 워낙 늦은 시간이었던 탓에 목격자는 전혀 나오지 않았다.

 심지어는 밤새 경비를 서던 이들조차도 아무것도 보지 못했다고 하니 용의자를 좁히는 것도 불가능했다.

 하지만 칸타레스와 3기사단은 그 소식을 듣는 순간 자연스럽게 한 사람을 유력한 용의자로 떠올릴 수밖에 없었다.

 지금 황태자의 앞에 뻔뻔하게 서 있는 아렌트였다.

 치밀어 오르는 편두통을 어떻게든 억누르려 애쓰며 칸타레스는 관자놀이를 꾹꾹 짚었다.

 "숨길 생각도 전혀 없나?"

 대신전의 신상을 훼손한 것은 중대한 범죄였다.

 신전에서 벌어진 일인 만큼 황태자라고 해서 쉽게 덮어 줄 수 있는 부분도 아니었다.

 하지만 아렌트는 늘 그랬듯 천연덕스러웠다.

 "그런 무의미한 짓을 왜 해요? 어차피 알고 물어보시는 거면서."

 주머니에 손을 푹 꽂은 아렌트가 시큰둥하게 대꾸했다.

 "지금 와서 신성 모독이라고 감옥에라도 처박으시게요? 할 수 있으면 해 보시든가."

"……하아, 됐다. 말을 말자."

칸타레스는 자꾸만 쓰려 오는 명치 위에 손을 얹었다.

도망친 제레온이 얼른 위장약을 가지고 돌아와 줬으면 하는 마음밖에 남지 않았다.

'솔직히 심증뿐이었지.'

파손 사건이 있던 밤의 전날 오후부터 아렌트는 갑자기 피곤하다며 줄곧 방에 틀어박혀 있었다.

게다가 어찌 된 일인지 그 뒤 꼬박 3일 동안 잠든 채로 일어나지 못했다.

몇 번이나 흔들어도 반응이 없을 정도로 깊이 잠들어 있던 아렌트는 오늘 새벽에서야 깨어난 참이었다.

'덕분에 혐의점도 전혀 없고.'

그러니 칸타레스 역시 아렌트가 "전 모르는 일인데요?"라며 넘어간다면 그냥 모르는 척할 용의도 충분했다.

하지만 저 맹랑한 놈은 전혀 그럴 생각이 없어 보였다.

"그래…… 이실직고할 생각이 만만해 보이니, 일단 어떻게 된 일인지나 좀 알자. 설명해 봐."

당장 답을 내주는 대신, 아렌트는 황태자를 물끄러미 응시했다.

칸타레스는 당장 속이 쓰려 죽겠다는 표정을 하면서도 질책 한마디 입 밖으로 꺼내지 않았다.

단지 이 일을 어떻게 수습해야 좋을지에 대한 고민에

빠져 있을 뿐이었다.

아렌트는 속으로 혀를 쯧 찼다.

'여차하면 사면패라도 쓸 생각이었는데.'

아무래도 그럴 필요는 없어 보였다.

기사들의 반응도 칸타레스와 크게 다르지 않았다.

한숨을 푹푹 내쉬며 복잡한 시선으로 볼지언정 그를 탓하는 사람은 단 한 명도 없었다.

황태자를 바라보는 아렌트의 눈에 잠깐 심란한 기색이 스쳐 지나갔다.

'이놈이고 저놈이고 물러 터져서는.'

하지만 칸타레스가 미처 그것을 알아보기도 전, 아렌트는 능숙하게 표정을 정리하고 툭 내뱉었다.

"까놓고 말해서, 열받아서 홧김에 저지른 일이긴 한데요."

"야, 지금 그게 내 앞에서 할 소리냐?"

"그러게 알아서 처신을 잘하셨어야죠. 그딴 소리가 내 귀에 들려오기 전에."

"진짜 돌아 버리겠네. 원인 제공자가 누구라고 생각하냐?"

황태자가 넣는 추임새는 자연스럽게 무시해 버리고, 아렌트는 제 할 말만 이어 갔다.

"어쨌든 걱정은 안 하셔도 괜찮아요. 솔직히 뒷수습할 생각은 하나도 안 했는데, 목격자가 없었다는 걸 보니 렉시온 님이 이미 손을 쓴 것 같거든요."

"렉시온 님은 갑자기 왜 나와?"

"그날부터 저랑 편먹기로 했거든요."

"……."

도무지 내용을 따라갈 수가 없었다.

다시금 머리를 짚은 칸타레스가 한참 만에 고개를 들고 다시 물었다.

"그 과정을 설명하라고, 이 자식아. 지금까지는 그럼 한편이 아니었다는 거야?"

"어쩌다가 뜻이 맞아서 같이 움직였을 뿐이지, 서로 간만 보고 있었던 거죠. 과정은 말하기 귀찮으니 대충 생략하고."

"말하기 싫으면 그냥 그렇다고 말해. 열받으니까."

짜증을 꾹꾹 눌러 담으며 칸타레스가 쏘아붙였지만 여전히 씨알도 먹히지 않았다.

"적당히 알아들으세요. 어쨌든 중요한 건 그거잖아요."

아렌트가 가볍게 어깨를 으쓱했다.

"영웅 칸 시대의 드래곤이 제 편이 됐다는 거."

얼굴을 설핏 굳힌 황태자를 마주 보며 아렌트가 무심하게 덧붙였다.

"이 정도면 신상 하나 부순 것쯤이야, 아무것도 아니지 않아요? 마침 뒤집어씌울 놈들도 많으니 그냥 그렇게 넘어가죠."

"……."

칸타레스는 한동안 아무 대꾸도 하지 않았다.

뒤죽박죽 엉킨 생각을 정리하자니 머리가 복잡해진 탓이었다.

한참 만에 그가 다시 운을 뗐다.

"그러니까, 렉시온 님과 네가 확실하게 협력하게 된 건…… 네가 신상을 파손한 것과 관계가 있는 거고, 아서 경이 그 현장을 목격했다는 건가?"

그날 밤, 아렌트와 함께 있었던 사람이 아서였으니 그 또한 현장에 동행했었다 보는 게 자연스러울 것 같았다.

"네가 갑자기 이렇게 돌아다닐 수 있게 된 건 렉시온 님의 마법 덕분인 거고. 아서 경 외의 목격자가 전혀 없는 것도 이미 렉시온 님이 널 위해 손을 쓴 결과라는 거지?"

아렌트가 고개를 끄덕여 칸타레스의 추리가 맞다는 걸 확인해 주었다.

"정확해요."

"……."

한없이 가벼운 태도인 견습 기사와는 달리 칸타레스의 미간은 좀처럼 펴질 생각을 하지 않았다.

다시금 황태자의 집무실에 침묵이 차올랐다.

한참 뒤.

"하아아아…… 일단 알겠다, 이 망할 녀석 같으니."

정적을 깨며 칸타레스가 몇 번째일지 모를 한숨을 푹

내쉬었다.

사실상 항복 선언이었다.

"대충 수습을 해야겠군. 성검이 부활한 데 앙심을 품은 악신교 놈의 짓 정도로 해 두면 되겠지. 그날 너는 밤새도록 앓아누워 있던 걸로 치고."

최근 분위기가 워낙 뒤숭숭하니 그 정도 변명으로도 충분히 먹혀들 것 같았다.

하지만 그렇다고 해서 전부 다 해결된 건 아니었다.

칸타레스는 심란한 눈으로 아렌트를 보았다.

잠시 후 그의 입에서 다소 뜬금없는 물음이 튀어나왔다.

"넌 괜찮은 거냐?"

"……."

순간 그 물음의 진의를 파악하지 못한 아렌트는 잠깐 눈을 깜빡이기만 했다.

"뭐가요?"

살짝 미간을 찌푸리며 묻는 꼴이 진심으로 이해를 못 했다는 표정이었다.

칸타레스 역시 뭐 하나에 중점을 두고 물은 말은 아니었다.

바로 얼마 전까지 죽다 살아난 몸 상태부터…….

루체 신상을 파괴하는 엄청난 짓을 저지르고서야 성립되었다는 렉시온과의 협력 관계까지.

신경 쓰이는 것은 수도 없이 많았다.

특히 신상을 파손했다는 부분이 그랬다.

'지금은 아무렇지도 않은 얼굴이지만…….'

그 행동은 누가 봐도 증오와 분노의 표현이었다.

'저놈 표정을 믿을 수가 있어야지.'

신의 은혜를 받아 살아남았다는 놈이 보일 만한 짓은 아니었다.

영웅 칸의 동료였던 드래곤이 계약 조건으로 내걸 만한 것은 더더욱 아니었고.

'도대체 저 녀석한테 무슨 일이 있었던 건지.'

하지만 지금 묻는다고 해서 답이 돌아올 것 같지는 않았다.

만일 답을 듣는다고 해도 그걸 온전히 받아들일 자신 역시 없었고.

칸타레스는 그냥 화제를 돌려 버렸다.

"그러고 보니 여기까지 오는 데 문제는 없었냐?"

"엄청나게 쳐다보기는 하던데요. 근데 그건 하루 이틀 일은 아니라."

견습 기사 역시 순순히 거기에 어울려 주었다.

"그런데 아무도 말 걸 엄두는 못 내더라고요. 왠지는 잘 모르겠지만."

"모른다면 내가 알려 줄까? 너네 단장이 어제 회의에서 으름장 놨거든."

칸타레스가 피식 웃음을 터뜨렸다.

"무시무시하던데. 난 그날 사람 하나 죽는 줄 알았다니까."

아렌트의 표정이 떨떠름해졌다.

"무슨 일이 있었길래 그래요?"

"신상 파괴 건 때문에 열린 회의였는데…… 거기에서 네 이야기가 나와서 말이지."

차도가 어떠하냐며 단순히 아렌트의 안부를 묻는 말이었다.

하지만 라이오스는 그 관심마저도 불쾌했던 듯했다.

"처음에는 아직 병상에 있고, 견습 기사일 뿐이니 지나친 관심은 삼가 달라며 제법 정중하게 말하더군."

하지만 세상에는 좋은 말로 해서 알아듣지 못하는 인간이 너무 많았다.

"어찌 관심을 가지지 않을 수가 있겠느냐고, 루체 님의 은총을 받은 분이신데…… 라는 말이 나오는 순간, 단장 눈이 완전 뒤집어져서 말이지."

고성 따위는 오가지 않았지만, 차라리 소리를 지르는 게 덜 살벌했을지도 몰랐다.

제국 최강의 기사가 조용히 살기를 뿜는 순간, 회의실은 정적에 잠겼다.

라이오스는 그자를 똑바로 바라보며 또박또박 말했다.

"딱 한 번만 더 말씀드립니다. 아렌트 폰 에크하르트 경에 대한 필요 이상의 관심은 삼가 주십시오. 이 이상의 언급은 그를 향한 위협으로 간주하겠으니, 지혜로운 처신 부탁드립니다."

……라고.

쉽게 말해서 자꾸 선 넘으면 죽여 버린다, 비슷한 협박이었다.

아렌트의 얼굴이 황당함에 물들었다.

"미친 거 아니에요?"

"그렇지? 내가 보기에도 그래."

라이오스의 기세를 이겨 내고 토를 달 수 있는 사람은 단 한 명도 없었다.

심지어는 칸타레스마저도 찔끔할 정도였으니 말 다 한 셈이었다.

슬쩍 상체를 숙인 칸타레스가 은근하게 물었다.

"꼴을 보아하니 아직 라이오스 단장이랑 못 만난 모양이지?"

"안 만나 주던데요."

아렌트가 꺼림칙하게 대답하자 칸타레스가 인상을 찌푸렸다.

"안 만나 준다고? 내쫓기라도 했단 말이야?"

"아뇨, 저쪽에서 도망 다니고 있어요."

오늘 새벽 눈 뜨자마자 제복을 챙기러 생활관에 돌아갔던 아렌트였다.

일부러 라이오스가 집무실에 있을 시간을 노려 간 거였

지만, 아렌트가 단장실 문을 두드렸을 때 이미 라이오스는 자리에 없었다.

"선배들 말로는 제가 들어가기 바로 직전에 갑자기 외출하셨다던데요."

"……그건 또 뭐 하는 짓이래?"

칸타레스가 황당하게 묻자 아렌트가 담백하게 대꾸했다.

"뭐, 조만간 결판을 내야죠. 도망쳐 봤자 단장이지."

"……라이오스 단장을 상대로 그렇게 말할 수 있는 건 아마 세상에 너뿐일 거다."

아무래도 조만간 라이오스가 오랜만에 위장약을 찾을 것 같다는 직감이 들었다.

떨떠름하게 중얼거리던 칸타레스가 문득 떠올랐다는 듯 다시 운을 뗐다.

"아, 잊지 말고 다른 쪽도 잘 해결하도록."

"다른 쪽이요?"

뜬금없는 말에 아렌트가 의아하게 물었다.

그러자 칸타레스가 친절하게 답을 내주었다.

"울고불고 난리가 났던 시종 꼬맹이들부터 해서, 칸 연합의 부연합장도 정신이 반쯤 나간 것 같다던데. 에크하르트 백작가에는 따로 안 알리긴 했다만, 조만간 백작의 귀에도 소식이 들어갈 테고."

"……"

"르웰린 왕자도 그래. 본인도 제법 크게 다쳤다던데,

당장 제국으로 오겠다는 걸 뜯어말리느라 다이아나 단장이 애먹었다더군."

말이 이어질수록 아렌트의 얼굴이 점점 썩어 들어갔다.

"당분간 나댈 생각하지 말고 수습에나 집중하도록. 다 네가 자초한 일이니까."

그 표정 변화가 마음에 들었던지, 칸타레스가 큭큭 웃음을 터뜨렸다.

"나는 네가 박살 내 버린 신상 건이나 처리해야겠군. 성가시긴 하지만 렉시온 님의 마음을 얻기 위해서였다고 하니 일단은 넘어가 주지. 고마운 줄 알아."

그렇게 말하는 황태자는 유난히 기분이 좋아 보였다.

당연한 일이었다.

아렌트를 놀려 먹을 기회란 쉽게 찾아오는 게 아니었으니까.

"저도 저지른 일이 있으니 일단 지금은 넘어가겠습니다만……."

황태자를 물끄러미 보던 아렌트가 천천히 입을 열었다.

"전부 다 기억해 놓고 있으니 기대하시죠."

자고로 사소한 복수는 오래 묵을수록 즐거운 법이었다.

칸타레스의 웃음소리가 뚝 멈췄다.

(배신 기사의 유쾌한 신의 13권에서 계속)